顾淑碛————

著

东京爱未眠

眠れない東京の恋

北京联合出版公司
Beijing United Publishing Co.,Ltd.

图书在版编目（ＣＩＰ）数据

东京爱未眠 / 顾潄赜著． -- 北京 ： 北京联合出版
公司， 2021.7
ISBN 978-7-5596-5271-3

Ⅰ．①东… Ⅱ．①顾… Ⅲ．①长篇小说－中国－当代
Ⅳ．① I247.5

中国版本图书馆 CIP 数据核字 (2021) 第 078477 号

东京爱未眠

作　　者：顾潄赜
出 品 人：赵红仕
责任编辑：牛炜征
封面设计：王　鑫

北京联合出版公司出版
（北京市西城区德外大街83号楼9层 100088）
北京新华先锋出版科技有限公司发行
涿州汇美亿浓印刷有限公司印刷　新华书店经销
字数159千字　620毫米×889毫米　1/16　15印张
2021年7月第1版　2021年7月第1次印刷
ISBN 978-7-5596-5271-3
定价：49.00元

献给刘乃菊小姐

我想
上海和东京之间
该有一座桥

穿上鞋
摘一朵花
就能走近你

有点久
也有点累
但我乐意
就是担心
花儿会凋零

又说不定
在桥的中间
我们相遇了
花儿和你的脸一样红

第一章

　　门铃响了两遍后季海滨才停止敲击键盘，他拉开窗帘，扑了扑扬起的灰尘，将刚刚一气呵成的几场戏又一气删光，满心不悦地下楼开门。

　　门外是一位年纪在二十岁到三十岁之间的女生，体态比少女成熟，眼神又比熟女青涩，穿着素色连衣裙，留着短发，很精神，也很日系，但季海滨一眼能看出她是中国人——东京人可不像北京人那么具有家国情怀，会随手拿着 2020 年的奥运宣传纸。

　　"民宿是前排的那幢房子，你走错了。"季海滨说完就要关门。

　　"等一下。"女生气势汹汹地拉住门框，不太肯定地看着季海滨，"我叫杜安宁，你就是……'七少爷'？"

　　"我去，那你就是被白嫖了呀！"

　　首都机场国际出发层的冷气开得很足，不仅将那张防止全球气候变暖的巨幅公益广告变成了笑话，更像是在下逐客令，却让一些飞往澳大利亚或新西兰的旅客占了便宜。他们纷纷从箱子里抽出羽绒服，坐在星巴克里笑看他人哆嗦。

收拾行李车的工作人员侧目而过，坐在对面的闺密被乔麦这声暴吼激得满脸羞红，伸手堵住她的嘴，让她可别再叨叨了。

乔麦蹭开闺密的手，无所顾忌地继续发难："你怎么这时候才跟我说呀，我都要回日本了，前两天你怎么不告诉我？"

"告诉你有什么用啊！"闺密带着哭腔委屈万分，"事情都已经发生了。"

"我们……去找他！"嘴上这么说，但乔麦的身体并没有从椅子上挪开。

"找到又能怎样，事情都已经发生了。"

"事情发生也得给个说法呀！"

"他给了。"闺密说，"但我和他现在只能这样，反正事情都已经发生了。"

"你他妈能别再说'事情都已经发生了'吗？"乔麦气呼呼地拿起登机牌走向安检口，没走多远又折了回来，将包里一本封面花哨的小说丢在桌上，"书你拿回去吧，别再跟这种人联系了，他联系你，你也别搭理，听见了吗！"

七月的东京，紫阳花和香樟树生长得格外茂盛，越过公园和私家庭院的围墙，像是在尽情嘲笑那些被五花八门的旅行广告吸引而来的游客。

每两小时更新一次的天气预报不停地告诫在外行走和工作的人小心中暑，但远道而来的游客们不在乎，他们顶着烈日，买光了街头与车站贩卖机里的冰镇饮料；以东京站、新宿或上野为端点，向这座刚刚步入"令和"新时代的超级大都会的东南西北散去。

和大多数降落在成田机场的旅客不同，杜安宁在机场大巴和京成线的出口之间做了个抉择。她毅然决然地瞄准有着四国语言的指示牌，和她那轻盈的登机箱一起直奔出租车接客区。

统一印着"2020 东京奥运会"广告的黑色丰田出租车在阳光下像大油头般锃亮，司机们的着装统一，将"城市名片"的概念展现得一目了然。

现在全世界都将 2020 年的东京奥运会看作日本第三次腾飞的起点，同时也是奥运会依靠亚洲力量重开盛典的希望，总不至于以后所有奥运会真的都由中国举办吧……

"你好，去这个地方。"杜安宁用英文说，并给司机递上一张纸条。

司机并不能听懂这个中国女人在讲什么，周围也没有蜂拥而至的免费志愿者来帮忙，但这不妨碍工作的开展。他在车载卫星地图里输入纸上的地址，自言自语地捣鼓了一阵就信心满满地出发了，好比没带翻译的外交家们见面后各说各的也能签署协议。

"这家伙吃软不吃硬，别激怒他，有话好好说，你是新面孔，他估计会对你客气点，但也只是估计……总之，见风使舵，借坡下驴，把合同搞定。"这是王主编昨天在杜安宁离开公司前对她说的最后一

句话。所有员工中就只有她这个入职不到一个月的新人，自告奋勇地
接下了这个"不可能完成的任务"，所以她不明白"七少爷"和自己
究竟谁是驴。

　　杜安宁的思路也清奇：终于可以去东京转一圈了，撒个娇说点漂
亮话拿下合同，回程的时候再顺便……再顺便去一趟首尔找他……

　　想到这里，杜安宁把惊喜像鱼饵一样抛出去，给一个无记名的号
码发去信息，告诉对方自己到东京了，只待一晚，工作一结束就去首
尔。无奈这信息时代的"鱼饵"没能迅速激起涟漪，等她到了季海滨
家门口都没个回信。

　　炉灶上的水壶在沸腾的颤动中发出"呜——呜——"的声响，季
海滨刚要起身，杜安宁就先他一步冲进了厨房。

　　"明明有可以自动断电保温的电水壶，为什么还用这么古老的方
法烧开水？"杜安宁问。

　　"我们还没有那么熟吧？"季海滨翻着无印良品的宣传杂志说，
"你就这么一声不吭地跑到别人家来，是不是有点不礼貌？"

　　"啊？"杜安宁端着两杯抹茶回到季海滨面前，轻放在茶几上，
"是王主编让我来的，他没跟你说过吗？"

　　季海滨喝了一口茶，杜安宁继续打量着他："王主编说得还真对
呢，幸亏我事先做好了充足的心理准备，不然谁会相信你就是'七少
爷'啊！"说完居然仰头大笑起来。

　　可能是发现自己好歹在别人家吧，杜安宁收敛了一下笑姿，沉默

地喝完抹茶，难以抑制地对季海滨补了两刀："但你跟对外宣传的样子完全不同呀！怪不得一直走神秘路线呢！"

山手线的日暮里站，这里是地道的下町，也是"古根千"的起源。从西口出去，走过一条孤独而轻松的下坡路，就会看见在许多日本影视剧中都亮相过的"夕阳阶梯"，两边敦实紧凑的建筑已经深深地扎根在了泥土中，生长出来自江户时代漫漫岁月的气息。

半年前，在手头并不宽裕的情况下，季海滨极富激情地在这里租下一座两层小屋，院子可以忽略不计，但二楼有一个朝向不错的阳台。到了晚上，可以吹着夜风，闻着酒香，听风信子"叮叮当当"地叫唤。

"你真的白跑了。"季海滨说，"我真的不会继续写下去了。"

杜安宁突然往后挪了两步，学着日本人的方式很夸张地一下子扑倒在季海滨面前："拜托了'七少爷'，请一定要继续写下去呀！"

"对不起，我真的不行，哎！你别来这套，也别叫我'七少爷'。"季海滨把杜安宁扶起来，"我不知道你们主编为什么要把你派来，同样的话我跟他说过很多遍了，我不想继续写了，我都躲到日本来了。再说，我写了整整十年，顺利完结，合同马上也就到期了，我也尽职尽责了呀！"

"但是读者们喜欢啊！"杜安宁抬起头说，"人家周杰伦开完演唱会如果歌迷们喊'安可'都会回场再唱一两首呢，你这个'七少爷'怎么这么大牌呢？"

季海滨不理会杜安宁，收好托盘和茶杯。

"我听主编说你要改行做编剧。从来都是编剧立志当文学家，你倒好，倒行逆施！"

"我他妈这样还能叫'文学家'……"季海滨走到玄关的鞋柜前取下一双外出用的鞋。

"你要出门吗？"杜安宁问。

"送你去机场。"季海滨已经穿好了鞋。

"送我……我的工作任务还没完成呢！"

"你完成不了的，不如早点回去。"季海滨说，"我看你连行李箱都没带，还真是有速战速决的心……"

"哎呀！"杜安宁拍着大腿叫起来，"我的箱子！"

行李箱老老实实地竖立在下车地点，无人在意，平添了几分悲凉。

从大学开始，这只旅行箱跟着杜安宁度过了六年，飞遍了北半球值得去的所有地方。她先后十几次从"失物招领处"奇迹般地把它完好无损地找回来。最后一次在戴高乐机场，当她来到"失物招领处"，面对一脸困倦只会摇头耸肩的法国员工时，突然发现不远处一个男人正坐在自己的箱子旁，专心地看着机场里免费发放的报纸。

那是杜安宁第一次见他，一番简单核对后，他把箱子还给了杜安宁。在窗外客机巨大的起飞声中，他微微贴近杜安宁说自己叫"伊森"。那一刻杜安宁觉得其实叫什么一点都不重要，哪怕他说自己叫"伊森·亨特"。所以她也根据自己中文名的谐音告诉"伊森"她叫"安妮"。

原本要分别飞回北京和上海的"伊森"与"安妮"从巴黎去了里斯本，理由简单扼要——他们都没去过这个最靠近大西洋的欧洲城市。

在葡萄牙的那几天，伊森只接过一个电话，之后就再也没见他和别人联系。两人完全沉浸于这个曾经引领过大航海时代的国度里，即便没有攻略、没有准备，甚至连欧元现金都不充裕，但他们依旧很容易地找到了达·伽马长眠的热罗尼莫斯修道院和阿尔法玛老城区。

在一家中世纪风格的小酒馆里，伊森孤独而缄默地喝着啤酒，既不关心热辣的女郎，也不在乎周围人的目光，像长途归来的异乡水手，知道自己命运的终点不在这儿。一股梦幻般的使命感缠绕住杜安宁，她想成为这名水手的船长，告诉他，自己就是他最后一站的港口。

从第二个夜晚开始，他们决定放弃这两天来对人类天性的束缚——后来已经无法记清是谁先触碰到了对方，可见理由是一个可笑的发明，用来给"谎言"作修饰的。

在那间被地中海南岸湿咸的海风灌满的三楼小屋里，月光的角度不偏不倚、亮度不明不暗地穿透随风鼓动的白色窗帘，深色地板上两对大小不同脚印踩出的水痕一路追逐到木质床边，浴袍和睡衣被丢在另一侧靠窗的长凳上，没有喝完的红酒散发出沁人的香味，配合着挂钟指针走动的嘀嗒声。

杜安宁瞪大眼睛，看见天花板上的吊扇缓慢旋转着，光影肆动。这个认识还不满 48 小时，甚至连真名都没问过的男人轻轻侧压在自己身上，熟练且充满技巧地挑逗她的感官和情绪，不慌不忙地攻破她的一切防御。当她终于以投降的姿态主动将男人的头按向自己时，她不可避免地想到九千公里外和自己交往了四年的男友。

"停下来。"杜安宁闭上眼睛坚定地说。

伊森没有立刻遵从杜安宁的命令，舌尖从她的腹部滑向胸前，继续在她的身体上贪婪地占有了一会儿才骤然停下。

"停下来！"杜安宁加重了语气重复道。

伊森笑着回到杜安宁的耳边："好，我听你的。"

杜安宁猛然睁开眼睛，伸手摸了摸伊森剃得很干净的面颊，挣扎着告诉他："我不是在跟你说话。"

伊森迟疑了一下，心领神会地吻住杜安宁。女人带着犹豫咬住自己的舌尖和嘴唇以克制冲动，于是他更为热烈地回应，像是要吞噬掉某颗即将寿终正寝的恒星。

"进来。"杜安宁在伊森的肩头抓出四道指印。

"什么？"伊森问着，而他的手已经落向杜安宁因呼吸不平稳而颤动的腰际。

杜安宁搂住伊森的脖子，以前所未有的认真态度再次发出邀请："伊森，进……"

之前的温柔从海浪冲击断崖下礁石的那一刻起消失，更强烈的海风吹动咯吱作响的窗棂和前后摆动的摇椅，杜安宁侧过脸，想要用目光够及月色，但被男人拨正，她能明显感受到一种从雄性眼神中流露出的占有欲。

"你不怕吗？"杜安宁问。

伊森没作回答，在一段持续相撞后，他慢慢平息下来，但依旧不舍得离开杜安宁。

"喂！"季海滨对着杜安宁打了个响指。

杜安宁回过神，想检查一下有没有什么物件丢失。但这在季海滨看来完全没必要："既然箱子在，里面的东西就肯定在，在日本，盗窃罪判得比强奸罪还重呢！"

"这好像不是什么值得夸耀的事吧！"杜安宁惊恐的眼神从下车的地方一直持续到走进日暮里站，三号站台前往成田机场的电车将在三分钟后出发，此刻还有空位。

"不用我继续送你了吧，这辆电车可以直接到成田机场，说不定你还能赶回去吃晚饭呢！"

杜安宁白了季海滨一眼，知趣地上车。季海滨没走开，两人四目相对，有点尴尬。在车门即将关闭的那一刻，杜安宁突然又抱着箱子跳了出来，吓得站台上的工作人员急忙上前查看。

"你在日本这么做是会坐牢的！"季海滨教训道。

"我不管！反正今天不走了，来都来了，好歹吃顿饭、住一宿吧？"

"啊？！"

每次来东京，季海滨都要在安顿好之后去一趟上野恩赐公园，如果季节合适，就到不忍池边看看荷花，或者在正冈子规球场外看一场中年大叔们的棒球赛，那些带着体膘奔跑的身影似乎更有青春的样子。

常去的寿司店外已经有了排队的客人，15平方米左右的大小，两位师傅站在回转台里忙碌着，各式各样的握寿司在十指尖迅速成型。全场只有一位女生既当服务生也当收银员，她兴致勃勃地喊着"欢迎光临"和"谢谢惠顾"。

杜安宁举杯喝了一大口生啤，用手背擦着嘴角的沫渍问："你为什么选择住在这附近？"

"你觉得这里……不好吗？"季海滨以问制问。

"哦，不，我不是说这里不好，只是单纯地想知道你为什么选择长期居住在这里，这不算什么不可告人的隐私吧？"

季海滨转动着酒杯："之前来日本旅行的时候，我都是住在日暮里站附近，一开始是因为这里的酒店和民宿多而且便宜，往返成田机场也方便，住久生情，就赖在这儿了。"

"我听王主编聊起过你，就你去过的那些地方而言，你似乎更喜欢伊斯坦布尔和纽约，'如果从全世界所有国家的首都里选一个，那应该是伊斯坦布尔；如果全世界只有一座城市，那就应该是纽约'，这是你的原话吧？"

季海滨被杜安宁逗笑了，从手机里翻出多年前发过的一条朋友圈给她看，一字不差。

杜安宁的目光落在季海滨的自拍照上："你那个时候好瘦啊，怎么现在胖成这样？"

季海滨从杜安宁手中抽出筷子："别吃了！"

"吃呢吃呢！"杜安宁拦住季海滨，摆出一副认真思索的样子，"嗯……所以，对于你这样一个条条框框很多的人来说，喜欢上一个地方或者喜欢上一个人，是不是很难？"

季海滨感觉不对劲儿："等一下，你是在套路我吗？我哪里条条框框了？"

杜安宁回避了季海滨的责问，对照着价目表仔细清算自己究竟吃了多少钱："绿色盘是 100 元，蓝色盘是 150 元，黄色盘是 240 元，红色的是……啊！红色盘要 470 元！天哪，这还没算消费税，我究竟吃了些什么？！"

作为京成电铁和山手线的重要一环，上野有了国内旅客集散中心的味道。在浅草通错乱的支路上，经常能看到讲中文的服务员在嚷嚷着招揽顾客，以至于不少黑人兼职都学会了一两句。

"看在我就只待一天的分儿上，你推荐我去哪里转转？"杜安宁问。

"就在这儿转转。"季海滨说。

距离上野公园正门不远的一家电器行里中国买家络绎不绝，这些客人要么是刚到东京下了车便被异国情调笼罩，迫不及待地买买买，要么是即将离开东京去做最后一番搜刮以慰藉前几日的小心翼翼，而这两拨人撞到一起还彼此看不顺眼，像是新婚少女和离婚少妇之间的互不对付。

季海滨和杜安宁从中央通的入口爬了几十层台阶走进上野公园，不仅炙热的阳光被成荫的绿叶吸收，连外界的纷杂似乎也被缓缓驶出站台的电车带走了。

"公园在国内也不是什么稀奇东西，但为什么我在这里会有一种很不一样的感觉？"杜安宁走了不到二十米后问。

"我回答不了你的这个问题，因为我也有同样的疑惑。"这种奇怪的感觉从季海滨第一次来到上野公园时就存在了。这里有一种非比寻常的恬静与和谐，特别是在夏季的工作日里，上野公园几乎被骑着电动自行车的家庭主妇和学龄前儿童们占据，不论是裸露在阳光下的棒球场，还是树荫下清凉的草地，或是往空中喷洒水汽的星巴克和张贴着最新展览广告的美术馆，到处都洋溢着生活至上的笑脸。

"好干净啊……"杜安宁低声说。

两人坐在音乐学院附近一棵有近五十年树龄的樟树下，艳阳中的音乐学院看起来还算正常，而季海滨第一次来这儿时不巧正天黑，加之冷冽阴森的维新时代建筑风格，令他感觉像是置身《金田一探案集》里某个案发现场的边缘。

杜安宁去贩卖机买了两罐口味不同的汽水让季海滨挑选，季海滨把蜜桃口味的让给了她，告诉她，在日本，不论买汽水还是果酒，最好只买桃子味的。但刻在女人基因里的怀疑天性诱导着杜安宁非要尝一口季海滨的樱桃味汽水，然而只一口，她便受不了了，急忙跑回贩卖机又买了一瓶矿泉水漱口。

"刚刚经过国立博物馆的时候，我看到一个半身的铜像，那人是谁？"杜安宁问。

"你说的应该是鲍德温医生。"季海滨像是试药一样喝了一口樱桃味汽水，"那个人就是上野公园的源头。"

"他建造了上野公园？"杜安宁将矿泉水递给季海滨。

季海滨摇手，既谢绝了杜安宁的好意，也否定了她的猜测："鲍德温不是建筑师，他是荷兰的军医。明治维新后，日本一根筋地认为但凡是西方有的就一定是好的，不然天皇也不会下令全国人民去吃牛肉而导致集体腹泻，所以日本也要有公园。"

"日本之前难道都没有公园吗？"杜安宁不太相信的样子。

"近代意义上的公园在东京是真的没有，但在横滨、神户之类的港口城市倒是有，不过那也是根据外国人的要求兴建的，当地的日本人是不会去的。"

"说明日本人也没真的觉得但凡是西方的就都是好的。"杜安宁开着玩笑说。

"那是因为公园的功能日本人此前从未感受过。日本政府的官员请鲍德温医生来这里是打算找个地方修建医学院的，结果鲍德温来到这里一看，发现上野山这么好的地方建大学太可惜了，便建议日本的官员们改建公园。官员们听到'公园'后都傻了，他们甚至不知道什么是公园，但既然洋大人这么说了，那想必是极好的，所以他们就听从了鲍德温医生的建议，建造了上野公园。"

"日本的医学生们应该会恨死鲍德温吧！"杜安宁打趣道，"要是鲍德温不多嘴的话，这里可能就是全世界风景最好的医学院了。"

"那样的话可能会勾起学生弃医从文的心，毕竟这里太适合花前月下了。"季海滨顺着杜安宁的话加了一句，两人会心一视，咯咯直笑。所以许多事情的结果并不是最初设想的样子，就像发明高跟鞋原本是为了防止踩狗屎，伟哥是为了治疗心血管病，而逛淘宝是为了省钱。

　　下午四点，天色骤然暗淡，趁着太阳躲进一片麻袋似的乌云后，季海滨和杜安宁赶路回日暮里。

　　即便温度下降，在这段狭长纵横的下町地区依旧很少看到行人和车辆，路口的交通灯成了不折不扣的摆设，红与绿之间的转换如静默一般；店铺的门大多半掩，员工们珍惜着最后的休息时间为晚上的工作积蓄能量。

　　在转过几个直角弯后，之前人烟稀少的假象被戳破，接二连三的网红茶室和咖啡店外，聚集着争相留影的女生。她们很好地贯彻了游客走马观花、只拍不买的传统；店员们逐一赔着笑脸，尽量不让自己入画。

　　和"洋果子"一样，咖啡在进入日本后也被当地人成功改造，融入了他们一贯的精致做工和对食材原料的苛刻挑选，让这些西方的舶来品有了东洋的美感，超脱了食物的定义，更像是貌美的展览品，让人不忍下口。

　　"想吃吗？你都站在橱窗外看了十几分钟了。"季海滨说。

　　"你请我吃吗？"

　　"我请你个……"季海滨省掉的那个字一开始是"屁"，后来想想这气味不雅，又想改口成"鬼"，但鬼也不比屁好哪儿去，一来二去耽误了发音的最佳时机，索性闷在喉咙里。

　　淅沥的雨水从天而降，屋檐下的人一下子多了起来，正好给万千少女以休息的机会，看看之前拍的照片是否够得上发朋友圈的质量。

　　"快进来，不然一会儿肯定没空位啦！"杜安宁拖着季海滨走进白色的咖啡厅，指着布朗尼说，"我要一份下午茶的套餐就好，你再点一杯你喝的，我们可以分享蛋糕。"

收银员看着季海滨，季海滨看着杜安宁，后面排队的人看着前面的所有人……东京盛产的乌鸦叫声如期而至。

杜安宁占据了仅剩的一个临窗座，挥手让季海滨过去："你在计算卡路里吗？"她用小叉将蛋糕一分为二，但这两部分的大小显然失衡，而杜安宁又不具备"切蛋糕者后选"的公平分配精神，直接将较大的那块占为己有。其实"切蛋糕者后选"这个理论本来也不完全正确，就算切蛋糕的后选，但别忘了，这家伙手里可有刀，谅那先选的人也不敢选大的。

"这里支付宝和微信都能用，下次自己付钱。"季海滨冷冷地叉起只有拇指般大的那块蛋糕。

门外悬挂着的风信子摇摆得厉害，叮叮当当，雨也比之前大了许多，从屋檐的边沿垂下，形成几条透明的水线，落在地面上，砸出零星的水花。

杜安宁望着窗外，看到放学的孩子们穿着雨靴在偶尔出现的小水塘里相互追逐。"既然不知道自己想要什么，为什么不把握住自己已经有的东西？"她搅拌着杯里的热巧克力，像是对自己说一样。

"但我知道自己不想要什么。"季海滨回答得更小声却坚定。

桌上的手机振动起来，屏幕上显示着一串没有被标记姓名的号码。杜安宁停下之前的动作，盯着手机，眼角和嘴角都微动了一下，刚准备滑动接听，对面便挂断了，但她伸出的手指还悬在空中。

"回过去呀！"季海滨提醒道。

杜安宁突然回过神来，一刹那很恍惚的样子，她看了看四周，迅速切换成职业化的笑脸并将手收回到身前，淡淡地说："没事，不熟的人。"

一小时后，雨停，热巧克力和蛋糕还没吃完。回程中两人一路不语，落得个清净。

"我以后要是赚了钱，来这里买个像你这样的小屋子。"杜安宁回到住处后说，"我还没到楼上看过呢，可以上去参观一下吗？"

"今晚你就住楼上，可以参观个够。"季海滨说，"朝北的那间，壁橱里有干净的被褥，一会儿你洗完澡就早点休息吧！"

"那你呢？"

"我发会儿呆。"

盛夏的东京白天炎热无比，但到了晚上，打开门窗，凉风伴随着月光鱼贯而入，迫使季海滨收紧了单薄的睡衣。

一旁的杜安宁却不在乎未干的短发被吹乱，独自点燃一根细长的香烟，烟头的星火随着她的吐吸有规律地忽明忽灭，脚边的蓝牙音响放着她手机中的某首无名歌曲。

"少抽点烟，对身体不好。"季海滨说。

"哈——"杜安宁猖狂地笑起来，吓了季海滨一跳，"看来还真有用，连你这种刚认识的男人都能关心我了……我就是要把自己身体弄得不好。"

"那你今晚别睡了。"季海滨走回屋里。

"你真的不吃晚饭了？"杜安宁问。

"减肥！"

睡至深夜，季海滨感觉耳边有嗡嗡声环绕，他睁开惺忪睡眼，发现屋子里泛着橘黄色的光，挪近一看，居然是蓝牙音响忘记关了，嗡嗡声是人在说话，这才想起杜安宁的手机还跟这音响连着呢！

"你只有在这么晚的时候才安全，是吗？"杜安宁的声音从音响里传出。

"我下午有给你打电话，但你没接。"一个男人回答道。

"我想去首尔找你。"

"还是我去东京找你吧！"

"你不在首尔，对吗？"

"什么意思？"

"你回台北了，对不对？"

"你等我过去，我们见面聊。"男人那边好像有人在催促。

"能聊出什么结果吗？"

男人沉默了一会儿："我也想见你。"

"等一下。"

"怎么了？"

客厅的灯突然亮起，季海滨被灯光刺得捂住眼睛，杜安宁举着手机站在楼梯处："你也太 low 了吧！"

"啊？"电话那头的男人一头雾水。

　　杜安宁挂断电话，杀气腾腾地走到季海滨跟前。季海滨慌忙站起来，用脚趾关掉音响："真不是故意要听你们打电话的，你自己忘记断开蓝牙了，还把我给吵醒了，我才听到的，我是被动的好吗？"

　　杜安宁深呼吸了一口，回到二楼，很快收拾好行李，重新出现在季海滨面前。

　　"你干吗？"季海滨问。

　　"天快亮了，我去机场。"

　　"然后呢？飞去哪里？"

　　"这好像就不关你的事了吧？"

　　"你——"季海滨想说又说不出口。

　　"我什么？"杜安宁不耐烦地问。

　　"我想说，如果你不知道去哪儿，可以在我这里多待几天，没关系的。"

　　"可怜我啊？！"杜安宁提高了分贝。

　　季海滨吸了吸鼻子，如实相告："是啊！"

　　杜安宁嘴一撇，抽泣了几下，"哇——"地哭了出来，一边哭一边从包里翻出香烟，接着又开始找打火机。

　　"那个……"季海滨拉住杜安宁的手，"室内禁烟。"

　　杜安宁咬着烟屁股，一副想弄死季海滨的表情。

　　水池中散发着清洁剂的味道，只睡了四个小时的乔麦站在西南朝向的阳台上，感受不到朝阳的光与热。

回国之前其实已经把公寓收拾得很干净了，但她还是用粘毛拖在地板上滚了一遍，将掉在地上的打火机扔进垃圾桶，随后又在衣服的收纳箱上找到了一个烟盒，里面两根细长的女士烟靠在一起。

手指间夹着的烟已经烧掉了一大半，阵阵劲风吹过，乔麦快速吸了两口后掐灭，准备回屋，但看到那剩下的最后一根烟又觉得应该让这对苦命的烟相生相死，留下谁都是孤独。

为了答谢收留之恩，杜安宁一早就去附近的超市采购，说中午要给季海滨露一手。但她快到十一点的时候还没回来。季海滨觉得这女人大概迷路了，正打算出门找找，Face Time（视频通话）响了起来，挂着一对大眼袋的"马费"来电。

"你还在东京是吗？"马费开门见山，"我要过来。"

"好啊，你想睡朝南的屋子还是朝北的？我给你收拾一下，"季海滨问，"朝南的五百一晚，朝北的便宜一百。"

"我遇到了点问题。"

"我没钱，也不打折。"

"不是钱的事。"

"那更麻烦。"

马费扭头看了看旁边，像在做一个重大的决定："告诉你也没事，其实我是去……"

马费还没说完，杜安宁就直接开门进来了，两手提着塑料袋，从摄像头前闪过。

"你怎么有我家的钥匙？"季海滨问。

杜安宁把塑料袋往厨房的地上一丢，跑到客厅的电风扇前狂吹："钥匙不就在门边的台子上吗？"

"你拿走我的钥匙也不告诉我一声？"

"我告诉了呀，我说我把钥匙拿走了，你出门的时候记得带备用的，不然就要被锁在外面了。"

"真的假的？我怎么没听见这么一大段话？"

"那……你没听见我有什么办法？"

"你怎么也得再确认一下吧？"

"不是吧，我说你一男人怎么这么啰唆？"

"你拿走我的东西还说我啰唆？"

"能停一下吗？"马费突然发话，"看这边……"

季海滨和杜安宁同时看向屏幕里的马费。

"对了……这还有个人呢，麻烦两位尊重我一下好吗？"

"你哪位啊？"杜安宁问。

"真是心有灵犀。"马费说，"我也想这么问你呢！"

"我是来催稿的。"

"那我是劝他别写的。"

"啊？"杜安宁走近了几步，"他就是被你蛊惑得不想继续写下去了？"

"你太看得起我了，我只是叫他 Be real（做自己）以及 Follow heart（向心而行），至于写下去还是中止，决定权完全在他。"马费说，

"不过我倒是挺想蛊惑一下你。"

"那你真是太看得起你自己了。"杜安宁丢下马费和季海滨回到厨房里，"半个小时后开饭。"

季海滨正要关掉视频，被马费喝止："你这也太不把我当兄弟了，口口声声说要给自己的人生做减法，居然金屋藏娇到东京去了。"

"她真的是主编派来的，本来今天都要回去了，这不昨晚……"季海滨停下描述，觉得还是不要大嘴巴比较好。

但马费不这么认为，追问道："昨晚你俩怎么了？"

"不是我跟她，是……反正人家现在心情不好，不想回上海，我就……"季海滨没说完，马费那边传来一声清脆的短信提示音。

"你干吗呢？"季海滨有了不祥的预感。

"我机票买好了，现在去机场，过几个小时去接我啊！"马费说。

"你都要结婚了这样真的好……"季海滨还没说完，马费已经关闭了视频。两分钟后收到马费发来的信息：我上车了，别把这姑娘放走。

四只便当盒摆在餐桌上，价格标签还没撕去。

季海滨刚准备抓一块天妇罗，杜安宁就嚷嚷起来："别动，还有汤呢！"

不出所料，两杯速溶味噌汤里漂浮着可怜的海带片和豆腐块。

"真想不到你还有那样的流氓朋友。"杜安宁说着用小刀将炸猪排和可乐饼切开。

"你说马费是流氓？"

　　"难道不是吗？"

　　"我觉得这么形容他是对流氓的侮辱。"季海滨接过杜安宁递来的食物，"但他好像对你很感兴趣。"

　　"对我感兴趣的多了去了。"杜安宁的语气极其平稳，"尤其是流氓。"

　　"他经历过一些坏事，但他不是一个坏人。"季海滨试图帮马费挽回点局面，"这是他对自己的概括。"

　　"还挺诗意。"杜安宁撇了撇嘴，"你跟他怎么认识的？感觉你们完全不是同一挂的。"

　　"他是和我一起写电影剧本的朋友。"季海滨回忆着，"我们认识很久了，差不多有五年，其实五年前我就很不想写这网络小说了，那个时候我的电影梦重新燃起，于是便去电影公司求职，接着就认识了马费，但不得不承认，我们无法用电影梦养活自己，所以必须用其他办法来养活电影梦，这一拖，又是五年。"

　　杜安宁听了直摇头："流氓不可怕，就怕流氓有文化。"

　　"你不喜欢有文化的？"

　　"文化人最会伤害人了。"杜安宁总结道，"那这五年里你们有写出过什么剧本吗？"

　　"没有。"

　　杜安宁都想好了接下来要说"那快拿出来给我开开眼呀！"，但没想到季海滨回复得如此毫无余地。

　　"我刚听见他说你在给自己的人生做减法，什么意思？"杜安宁庆幸自己找到了新话题。

季海滨喝了一口味噌汤，味道比想象中好很多："悲观的意思，我就是想让自己的生活中少一点人、少一点事，这样我可以更专心。"

"这不能成为你拒绝继续创作下去的理由吧？"

"我不是拒绝创作，我是拒绝无意义的创作。"季海滨情绪稍有激动，"你身为一名催稿的编辑，你读过我这部写了十年的小说吗？除了点击量外，你觉得有养分吗？"

"不同的物种需要的养分类型和标准是不一样的，比如人需要碳水化合物、蛋白质、脂肪、维生素、矿物质之类的，但屎壳郎就只需要屎。"杜安宁说，"有市场，至少说明就是好商品。"

"所以在你看来我写的东西就是屎对吗？"

"瞎说什么大实话！"杜安宁"扑哧"一声笑出来，但笑完之后看着季海滨，那一刻她突然觉得眼前这个真挚的男人有点可怜，"能问你一个问题吗？"

"你不是一直在问吗？"

"你有没有发现自己已经把人生过得一团糟了？"

味噌汤的底料沉淀下去，季海滨盯着杜安宁，慢慢放下筷子，类似的话他不是第一次听。

第二章

　　紧挨着阳台的书房里透射出老式电脑屏里的蓝光，倒映在季海滨的镜片上——他只有在写小说和看电影时才会戴上这副眼镜——此时他已经在书桌前干坐了三个多小时，目睹网友们的跟帖逐步升至十万以上，估计很快就要上热搜了。

　　一街之隔的工地里虽然挂着"春节快乐"的横幅，但直到这个点仍在叮叮当当地施工，和窗外空调主机的运转声混杂在一起，很好地印证了"工作使我快乐"的真谛。

　　无视了主编的夺命连环Call（呼叫）后，季海滨将手机反扣在桌上，不做任何回复。他一直看着小说结尾处的那个"完"字，像是参加完了一场葬礼。

　　"我不想再写了，我觉得是时候结束了。"季海滨站在主编的办公室里，用这句话作为开场白。

王主编心平气和地关上门，在把手上挂了个"请勿打扰"的牌子，随后降下窗帘，点燃一根烟猛抽掉一半："说结束就结束，想什么呢你！"

"合同到期了，我真的不想再写这玩意儿了。"

"你一说到合同，我还就真的……"王主编从抽屉里取出合同丢到季海滨面前，"签了吧！"

季海滨随手翻了翻："这次直接一来就十年？十年又十年，再写下去我就五十岁啦！"

"五十岁怎么了，我不也五十多岁了吗！你不写这个还能干什么呀？！"王主编唾沫横飞，"你现在所拥有的这些不都是靠'七少爷'赚来的吗？没有'七少爷'你以后怎么活？房贷都还不上吧！"

季海滨将新合同合上："再约吧！"说完拉开了主编室的门。

"什么叫再约吧？马上就过年了你别给我出幺蛾子！"王主编看着季海滨走出去的身影和员工们那一张张窃喜的面孔，"你回去好好看看网友们的跟帖，反省一下，别装过头了你！"

一辆复古三轮摩托车在午饭时间杀到世贸天阶旁的嘉里中心，侧位上摆着满满的粉色玫瑰，摩托车小哥摘下头盔，在往来女性怀春的目光中抱着花儿硬朗地走进写字楼。

"你好，麻烦你叫一下许晨曦小姐。"鉴于前台小姐已经被电晕，摩托车小哥不得不又说了一遍。

一身工装的许晨曦恰好和同事们回到公司，她礼貌地接过玫瑰，向摩托车小哥道谢，两人显然已经挺熟。

　　"又是他吗？"许晨曦问。

　　摩托车小哥点点头，诚恳地说："许小姐，你可一定要守住，让他追你个一年半载的，到时候我们店给你送锦旗。"

　　许晨曦不好意思地笑笑，抽出一枝玫瑰送给摩托车小哥："要不下次你就别送来了，我也不会责怪你们的，每次送都这么一大把，我都没地方放。"

　　迟迟没有离去的同事们带着艳羡且妒忌的神色酸了两句，无奈这种程度的酸就像丢进清水里的柠檬片，反而提升了口感。

　　季海滨坐在公交车里漫无目的地游荡，冬日的暖阳穿过玻璃照在脸上，让人极度易睡。

　　穿过乌鲁木齐中路后，季海滨打了个哈欠，看到长乐路的路牌竖立在街口。这条三公里左右的小路两边种满了梧桐，因为入冬的缘故，树枝上的叶子全都掉干净了，透过光洁的枝干往西北方望去，可以看见静安香格里拉的双子塔。

　　他选了一家不起眼的咖啡厅入座，手边的书架上就有一本史明智（Rob Schmitz）所著的《长乐路》。眼前的一切都和书中开篇描述的景象贴合："一个胡子拉碴的乞丐坐在人行道上吹着竹笛，情侣们手牵手地从他身边经过；汽车鸣着喇叭，歪歪斜斜地绕过两个相互对骂的男人，他们正在为究竟是谁撞了对方的车争执不休；一群穿着校服的学生聚着围观；一个老妇拄着拐杖，正对一个卖荔枝的小贩骂骂咧咧，以表达自己对价格的不满；街上的其他人顺着人潮趔趄向前，空气中不时飘过一阵鲜肉包子铺冒出的热气的香味，夹杂着汽车尾气甜丝丝的味道……"然而更讽刺也更残忍的是："对于马路中段上海第一妇婴保健院的新生儿来说，他们将在今日迎来生命中的第一天；对于马路西段华山医院急救室里的另一些人而言，可能马上就要度过生命中的最后一天。"

等待咖啡的时候，季海滨打开微信，给马费发了条信息：梦还是得做。

马费迅速回复道：Be real。

季海滨还想再说点什么，许晨曦的视频呼叫出现在屏幕上。

"最近好吗？"许晨曦给出一道七分甜的笑脸。

"我们前天刚通过电话，好不好你还不知道吗？"季海滨说。

"那还不是因为一日不见如隔三秋嘛！"许晨曦乐呵呵地说，"年前老家有个同学会，你来吗？"

"我不去。"季海滨干脆地拒绝，"我什么时候参加过这种傻了吧唧的同学会？"

"但我想见你。"许晨曦说。

"你可以来上海啊！或者我去北京。又或者，我们去个别的什么地方。"

"你知道我喜欢那种置身在人群中偷看你的感觉。"许晨曦说，"我们坐在同一张圆形的酒桌上，各自应对身边的人，但你知道我在看你，我也知道你在看我，其他人就像傻子一样什么都不知道，这种感觉多好。"

服务生端上咖啡，看到屏幕里施展着得意笑脸的许晨曦，很绅士地点了点头。

许晨曦也娴熟地回应了一下，待服务生离开后，季海滨撕开糖包问："哪天？"

得知儿子要回一趟老家，正远在西北和同学聚会的母亲来电叮嘱季海滨见到父亲后，好好问问他最近一直吵着要复婚是什么意思。

当通话进行了四十多分钟后，季母显然还意犹未尽，不但把季海滨老爸最近的反常举动说了好几遍，还来回告诫儿子，如果回去看到"那些人"，千万不要多说任何话，以前是做得越多错得越多，现在没人给他们做事了，只能玩"文字狱"了。

关于家里长辈之间的纷争，季海滨听了有二十年，以前他年纪小，家里发生争吵还会稍微回避着他点，比如年夜饭的桌子被掀掉后至少还会撒个谎说是不小心弄翻的……但自从他上了大学，仿佛就自然地被赋予了倾听家庭成员之间相互贬低、嘲讽的义务。身为长孙，他既是裁判又是必争之地。懒得去梳理这些繁枝末节的季海滨最终成了父亲和爷爷口中的"叛徒"，用奶奶的话说，他被母亲用金钱收买了。这话传到母亲耳中，母亲觉得可笑，在她看来，如果不是自己嫁的这家人拖后腿，她会更成功。

感情中最好的状态是你看得上我，我也看得上你，所谓王八看绿豆——对眼了；其次是你看不上我，我也看不上你，这样也省得相互折磨，节约了时间、珍惜了生命；但季海滨的父母很不幸地在忍受了对方近三十年后才分开。

因为这些家庭变故，季海滨很少再回老家，其实他一直都不喜欢家乡，更没什么思乡之情，相反，他很讨厌这个落后闭塞且坐井观天的小城。比起经济上的贫瘠，精神上的萎靡更令季海滨憎恶。他觉得集中在自己身上的不论有形的还是无形的痛苦，都源于这个各方面起点都极低的故乡，所以每次回去都像受难一般。这样想来，他很感谢那场家庭变故，让自己有了充足的借口远离病源。

从上海回老家只有三百公里，但却需要进行一套繁复的步骤，他只能选择先前往最临近老家的一座有高铁的城市，在那儿换乘大巴。大巴司机为了节省运营费用，也只会走一小段高速，最后再沿着运河岸边的省道开上个把钟头。

沿河的这段路在夏天的时候还算好看，杨柳树长得很茂盛，河岸和湖岸并排延伸，运河里的船只载着泥沙和石块缓缓前行，鸬鹚和熟悉水性的孩子们一起嬉闹着往水里扎猛子。

许晨曦直接把自己的私家车开进了长途客运站的停车场，季海滨一下大巴就看见了那辆挂着京 A 车牌的 Mini Cooper。

"我已经帮你把酒店订好了。"许晨曦等季海滨系上安全带后说，"你好像比上次见面时更胖了。"

"怎么你也这么说？酒店多少钱，我转给你。"

"还有谁这么关心你？"许晨曦侧过脸白了季海滨一眼，愠怒地说，"你见到我的第一句话居然是要给我转钱。"

季海滨笑笑："你见到我说的第一句话也不是什么好话呀，我只是有点感慨，回到家乡居然住酒店。"

"我收到你的明信片了。"许晨曦说，"干吗叫我'长泽雅美'？你不知道明信片都是前台第一个收吗？我都被全公司群嘲了。"

"作为一封在夏天从镰仓寄来的明信片，收信人不该是'长泽雅美'吗？"

当车开到酒店前的路口等红灯时，许晨曦绕回到前一个话题："你又不愿意住我那儿，活该住酒店啰。"

"不是我不愿意，这儿毕竟不是上海、北京。"季海滨看着窗外丝毫不遵守交通规则的行人和电动车，"这里的某些人比较恶心。"

"你怕别人说我们闲话？"许晨曦问。

季海滨点点头："怕。"

"那一会儿到了聚会的地方，我们要一起进去吗？"

"也没那么严重吧？"季海滨说，"就说在门口正好碰到了呗！"

仪表盘上的左转指示灯富有节奏地闪烁起来，许晨曦哼哼了两声："You terrible liar（你这个大骗子）。"

但这是为什么许晨曦认为自己能和季海滨形成这种关系的原因之一，他知道如何当一个不擅自介入的聆听者，他知道如何把话说得直白、有趣而不捅破秘密，他知道所有自己想要他知道的。

"你可有怀疑过我？"许晨曦在和丈夫结束完一场例行公事后

问，她能感受到在过去十分钟里形成的一切假象，眼神、触碰、接吻、汗水……

"怀疑你什么？"丈夫似乎还沉浸在回味中。

许晨曦下床，从自己包里取出一盒开过封的避孕套，丢在丈夫手边："原来你喜欢用这一款。"

那小方盒上的字在丈夫看来异常刺眼，当晚便收拾了几套简单的换洗衣服离开了家。

当关门声响起时，许晨曦甚至有些窃喜，她可以不用去当那个首开纪录的恶人了，而那盒从丈夫公文包里翻出的避孕套还在床上。

身为一名多年未归的游子，季海滨感叹最多的就是家乡酒店业的蓬勃发展，攀比成风的习俗让婚礼成为大众最直观的炫富比拼手段。

在过去的几年中，就季海滨所知，喜宴的排场从六十六桌上升到八十八桌，接着是九十九桌，然后又有一百桌、一百〇八桌、一百一十八桌……因此大小酒店不断修建扩张，生怕被群众的需求甩在身后。

而这些酒店的高级氛围也是上下一体的，当许晨曦驶入地下车库时，季海滨一度以为到了浦东的国金中心。

"要不我还是不上去了吧？"车开到停车位的时候季海滨说，"我真的不习惯这样的饭局，事实上，我已经很久没有参加过多于四个人的饭局了。"

"那你白跑一趟多不好，我会内疚的。"许晨曦看着倒车镜说。

"看到你就够啦，明天说不定还可以一起喝喝茶。"

许晨曦倒好车，拉起手刹，眼角笑成一道浅湾："这么想看我，那还不多看几眼？"

若干只握着酒杯的手在季海滨眼前晃来晃去，他的目光如实地落在圆桌正对面的许晨曦身上。在这个中型包间里，曾经的同窗们分坐在四张圆桌旁吞云吐雾，烟雾浓得盖住了墙上的禁烟标志。

此时距离高中毕业已有近十五年，好消息是，时光没有在这帮人身上雕刻下太多痕迹——可能时光也觉得在这帮人身上浪费气力太多余。季海滨暗自回想这毫无变化的十五年就顿觉气愤，十五年过去了，见的还是这帮人，吃的还是这些菜，聊的还是这类话题，桌上的人十五年前什么样现在还什么样，甚至都没有任何一个人早逝，可见生命寻常到令人发困。

唯一的亮点是，众人的打扮都不拘一格，不知从哪儿学来的时尚触感。季海滨看着那盘被吃得只剩下一副骨架的鲈鱼，突然鼻子很酸。他一向讨厌小城中的摩登男女，落伍的时髦加上乡土化的都市感，像极了土裁缝做出来的西装。

想到这儿，季海滨笑了出来，可偏偏这时全场安静，就像学生时代经常发生在晚自修时的情形，整个班吵吵嚷嚷，但突然会在某个时候全都闭嘴，一如有天使经过。

"哎！季海滨，我突然想起来，你也是写东西的吧，那你认识'七少爷'吗？"一个女同学问。

季海滨看向那女生，摇摇头，但摇得不是很彻底。

"人家季海滨是立志要成为文学家的人，怎么可能和写网络小说的混在一起！"那女同学旁的一个男同学如此说道，不知道是在侮辱文学家还是在侮辱网络小说。

"我一个大学同学好像也在干这个，在北京一家什么影视公司。"这场饭局的组织者说，"混得那叫一个惨啊，没房没车，没老婆没孩子，我就搞不懂那些在外面死撑的人，出去上个大学还真就不得了了。要我说，回来考个公务员或事业编制什么的多好，铁饭碗，旱涝保收。"说着拍起胸脯，"就像我！"讲完这一大通后又转向季海滨，"你说是不是？"

"你这什么问题，人家去上海是干吗去的，要实现……文学和电影梦！"

坐在最远处的一个看起来最显老的同学说："什么梦不梦的，都不如老老实实过日子。"

组织者听到这话，仿佛狗看到自己埋起来的骨头被发现一样，兴奋地去和那位显老的同学碰了碰杯："什么都别说了，都在酒里。"

"我也不看网络小说，我就看根据那小说改编的网剧，可好玩了。"之前提起话题的女生说。

"啊！你也看了？我也看了，好好玩的。"

"我老公比我还喜欢看呢！"

"我要是也能穿越回去当个郡主就好了。"

"你说写这个的人得赚多少钱啊？"

女人们一旦找到共同话题那就没底了，而男人们则开始相互奉承。

趁着诸位对"七少爷"的热烈讨论，季海滨得以脱身。当他走出酒店，许晨曦从后面拉了一下他的手："不好意思，是我硬把你拖来的。"

"没事，比我想象中好很多。以前什么样的人，现在还什么样，也算保持了初心。"季海滨笑着说，"你看，我不也全身而退了吗？"

和许晨曦一起走了两三个路口后，季海滨才反应过来："你的Mini Cooper还停在酒店的车库里呢！"

"我知道，我想陪你走走。"许晨曦说，"再说了，老家就这么点大，来回走几圈也用不了一个小时。"

"所以你是故意把我住的酒店订在其他地方的？"季海滨问，"要是订在刚刚吃饭的地方，我就直接上楼了。"

许晨曦露出被戳穿了小九九后的怒气："看破不说破，还能做朋友，哪有你这样的男人，一点不考虑女生的面子。"

"你身边那么多费尽心思考虑你面子的男人，我要是不特立独行一点，怎么入你的法眼？"

穿着校服的少男少女们从季海滨和许晨曦的身后跑过，男生们故意追打吵闹纠缠在一起，吸引着在路边小吃摊旁犹豫不决的女生们的注意。

"你还记得我们那时候吗？"许晨曦问。

"那时候的我比现在瘦多了吧？"季海滨说。

"但我比现在胖。"

"你不是说你那叫'婴儿肥'吗?"

"那你还不是一样嫌弃我?说我该肥的地方不肥……"

季海滨停下脚步:"我那时候有说过这么下流的话吗?"

"不是你吗?要是别人说这种话我早就抽他耳光了。"许晨曦看着一对正在相互喂食的高中恋人说道。

季海滨顺着许晨曦的目光看到了相同的画面:"你要回去开车吗?还是我走路送你回家?"

许晨曦看了看时间:"才九点多,你现在已经过得这么养生了吗?"

凋敝的小城在即将迎来新年的时候更加懒惰了,那些在近年赶着时髦开张的餐厅、酒吧都已经纷纷停业,只有打着咖啡厅名号但只是供人玩扑克的场所里欢声笑语不断。

季海滨买了两杯口感低劣的热巧克力和许晨曦坐在公交站的长椅上吹着冷风,时刻表和广告牌被各种小广告贴满,而对面是一座漆黑的烂尾商场,那幅被放大了许多倍的快餐海报从他们俩念书时就挂着了,一挂就是十多年,可惜没骗来任何投资。

"你最近好吗?"季海滨问,"之前一直都是你在问我,我好像都没关心过你。"

"你终于发现对我缺乏关心了呀?"

"我不是不想关心你,是我觉得……你那么厉害,什么事都能搞定,而且有些事情,我也不知道该不该关心。"季海滨说,"你明白我的意思，对吧？"

"所以，我们不是那种非要把话全都说明白对方才会懂的人，对吗？"许晨曦问。

季海滨沉稳地点头："我觉得是的。"

一对母子从他们俩面前经过，儿子满面愧疚地推着车，母亲在旁边念叨着上次月考并不理想的成绩，并提醒儿子如果继续这样下去是不可能考上心仪的大学的。

"其实没那么重要。"许晨曦说，"我们当时就被骗了，以为考上一个不错的大学，未来的人生就会坦荡，但根本不是这样，大学是人生最后的避难所。"

"但路要自己走，磨难要自己过，别人的忠告我们是不会听的。"

"你爸妈还是那样吗？"许晨曦略显尴尬地问，果然季海滨只是"嗯"了一声。

"那你之前跟我提过的那个故事呢，写得怎样了？"许晨曦又连忙换了一个她觉得季海滨会有兴趣继续聊下去的话题。

"依旧只有一个雏形和轮廓。"

"我觉得那个开头还挺好的，为什么不一鼓作气完成呢？"

"可能因为很多东西我还没想好吧！"

许晨曦似是而非地认同着："不过我确实能在文字中看出你的影子，甚至还有一点自己的影子。"

"可光有影子是不够的。"

"但我觉得你很有勇气。"许晨曦低声说，"我都不知道究竟从什么时候开始把自己的人生过得一团糟了。"

把许晨曦安全送到她家楼下，季海滨就离开了，在小城的中心地带又走了一圈。往返于施工现场的重型卡车来回呼啸，不知道在哪个角落又将有高楼拔地而起。

中途手机响了几下，他没管，回到酒店后才看，但只选择性地给许晨曦回复了一条：别闹了，早点休息吧，你已经结婚了。

第三章

　　飞机的轰鸣声穿透厚重的云层，朝列车尾部的方向渐渐小去。

　　季海滨和马费所乘的电铁以相对匀速的状态行驶在京成线上，穿过一片山峦和密集的居民区后，晴空塔就伴随着整齐的电线和成群的飞鸟一起出现在了行驶方向的左边窗外。

　　周围安静到诡异，就连轮轨摩擦、车厢晃动，广播的声音也听得清清楚楚。两个男人面对面坐着，中途几站都有上车的学生，学生们一上车就看到马费的大花臂，自动为他腾出足够的私人空间——他确实十分需要私人空间。

　　在喜达屋旗下的所有五星级酒店里，威斯汀不是最高级的那一个，却是马费光顾次数最多的。因为他觉得威斯汀的隔音效果最好，至少是遭投诉次数最少的——尽管有的时候他喜欢把窗户打开，这，只是他诸多爱好中的一个。

"不要拍啊——"一个长发凌乱的女人随着马费的挑逗不停地扭动下身,她咬着自己的中指和无名指,另一只手抚摩着马费轮廓分明的脸,试图让这个看上去很不错的男人靠自己更近一点。

"你真棒,周……"马费放下手机,舌尖掠过女人的胸部。

"我不姓周……"女人一把撑起马费的头,看着马费一刹那傻傻的样子,女人主动吻住他,"这不重要,快!"

门铃突然响了。男人系着一条浴巾去开门,他一个小时前叫了客房服务,点的是……这个不重要了,重要的是,开完这次门后,马费掌握了一条迟到的人生经验:不论在家还是在酒店,开门前最好先看一眼猫眼。

"啪!"一个巴掌用力地甩在他脸上,让那枚唇印看上去更鲜艳了。

门外这位怒不可遏的女士冲进房间,顺手举起电视柜上的花瓶朝床上赤身裸体的女人砸过去:"你这个婊子!"

第二天中午,马费的母亲从三百多公里外的老家赶来,在准儿媳提供的新房里,两家人开了场会。说是开会,其实不过是对方履行一个告知义务,告知内容是,婚礼取消。

在整个过程中,马费的母亲连连道歉,而他的未婚妻则不停地对马费说:"你怎么可以和我们婚礼的司仪上床!如果我没发现你们的问题,等到结婚那天,我在那个女人眼中不就是个笑话吗?!"

这话在马费听来特别耳熟:你怎么可以那么随便地和任何一个你认识的女人上床!

　　前任们的话翻来覆去地响起，当和母亲一起被赶出家门时，马费突然回过身对未婚妻说："我可能有病。"

　　"我以为你至少会说句对不起。"

　　"你看过一部叫《性瘾者》的电影吗？"马费思索着，"希安·拉博夫演的，好像就是讲一个人喜欢和别人做运动，不停地做，不做就会难受，你知道我的意思。"

　　未婚妻深吸一口气："不要给自己找任何高尚的借口了，马费，我不会原谅你的。"

　　当和母亲走出单元楼的电子门准备坐进那辆雪弗兰车里时，马费听到未婚妻在二十层高的楼上高声呼喊："你说的那部电影叫《女性瘾者》，《性瘾者》是苏菲·玛索演的！"说完"砰"的一声关上了窗户。

　　"这是我大学毕业后第一次回日本，你不为我这趟说走就走的旅行接个风吗？"憋了一路的马费下车后假正经地说，"比如去个歌舞伎町什么的。"

　　"你就是风，来接你就是接风。"季海滨说，"你在这儿待了六七年，比我还熟，需要我带你去风月场所吗？"

　　"我那时候还是个孩子，去便利店买成人杂志都不好意思。"

　　"中午杜安宁买了很多食材，先把剩菜吃了。"

　　这话惊呆了马费，他拽住季海滨，在家门外严正地交涉道："先说清楚，你跟这姑娘没任何关系是吗？那我可就下手了。"

"别给我丢人。"季海滨说完掏出钥匙打开房门。

"你还真在日暮里租了房子……"马费嘟囔了一声。

那几盒从超市带回来的速食被马费一扫而光，边吃还边赞叹杜安宁手艺棒，比如同样是把热水倒进超市买回来的味噌汤底料中，为什么杜安宁做出来的就那么可口？之后更是主动要求洗碗，但发现都是一次性用具，实在没什么值得清理的。

"殷勤献得这么明显，你不会真的想追我吧？"杜安宁接过马费递来的纸巾，开门见山地说，"我现在不想谈恋爱。"

"是不想谈恋爱还是不想跟我谈恋爱？"马费贴着脸问。

"不想谈恋爱。"杜安宁给出答案。

马费舒了口气："那还好……"

但紧接着又听见杜安宁说了一句："尤其不想跟你谈恋爱。"

季海滨从冰箱里拿来三罐蜜桃酒，一一打开，分给杜安宁和马费后举杯相邀："来，感情不在、买卖在。"

三个易拉罐友好地撞在一起。

"酒还是应该这么喝！"

两个装满一千毫升啤酒的厚重玻璃杯碰撞后分开，季海滨和马费都一口喝下一半，然后打出饱嗝儿。

"所以，你跟她现在怎么样？"马费抖着眉毛问，"你们后来又见面了吗？"

季海滨知道马费口中的"TA"指的是许晨曦："见过一两次，

一次是春节老家的同学聚会，另一次是她出差顺便来见我。"

"有新进展吗？我们好像很久没有聊这个了。"马费说，"我们除了要聊肮脏的创作，也要聊纯洁的私情。"

"没有。"季海滨搓着酒杯说，"如果有，也不会等到现在才有了。"

马费冷笑着晃动脑袋："如果明天就是你生命的最后一天，你还会等吗？"

"这种假设乍一看很蛊惑人心，可问题就在于，不是所有的事情都那么极端，因为明天根本就不是生命的最后一天，而有些事一旦冲动地做出来，就真的把明天过成最后一天了。"

"所以，你担心的点在哪儿？"马费问，"怕失去她？"

季海滨放下酒杯，用筷子将两串烤鸡软骨全都拨进餐碟里。

"因为怕失去她所以不敢坦白你对她的感情。"

季海滨吃着鸡软骨没有接话。

"我觉得你的逻辑有问题，你觉得你现在拥有她了吗？"

这家居酒屋虽然从陈设上看完全是地道的日式餐馆，但里面的服务员却都是中国人。马费告诉季海滨，这地方是他当年念书时常来的，没想到十多年过去还开着。

感叹完日本的匠人精神后，马费连撸了好几根鸡肉串，再抬起头，发现季海滨已经不在对面的座位上了。

洗手间的洗面池前清香扑鼻，冰生啤的后劲儿涌了上来，季海滨头脑昏沉地回想着马费的提问——我现在拥有她了吗……洗完手正准备烘干，听见外面有女生在讲中文。

"我在工作呢……我可以靠自己活下去，为什么要回去……你那不是为我好，如果你真的为我好，就应该支持我，因为你知道我的选择是慎重且正确的……我不想回到那个地方，如果我想回去，那我就不会来东京……"

季海滨顺着洗手间外另一侧的小门走到后巷，地上有些还残留着酒水的易拉罐与装着快餐盒的塑料袋，他小心地避开，以免造成声响。

"我就是想离开，我想去过自己的人生……为什么我不能选……我现在不会后悔，如果听你的才会……"穿着居酒屋工作服的乔麦情绪激昂地对着电话说，周围悬挂着的红色灯笼将她的脸映照得格外通红，"我有 TA 的支持就够了。"

"嗨！"粗犷的男声传来，"还打电话，客人点的啤酒都还没上！"

"我……"乔麦转过身来，紧张地挂掉电话，"我这就回去。"

那个男人还在大声嚷嚷，乔麦没有多嘴，一脸歉意地走回居酒屋。

"你好，你们加的啤酒。"

乔麦将一扎新的生啤放在季海滨面前，这时季海滨才算正式地看到了她。

和其他那些一眼就能看出稚嫩感的高中服务生相比，乔麦擦在面部的粉底显然是为了精心掩盖一些不想让人看出的岁月痕迹，所以头发虽然不长但也扎起了干练的马尾辫，还用卷发棒烫过额前的头发，涂了点淡淡的棕色眼影和口红，并且把眉毛修得很好看。

"不对，好像不是你点的。"乔麦看着季海滨的面孔感觉有些生疏。

"没事，可能是我朋友点的吧！"季海滨说，"你还好吗？"

"啊？"乔麦有点不明白。

"刚刚我也在后巷……抽烟，不小心听见了。"

"哦，那个啊……"乔麦有点不好意思，"没事啦！"

"我赞同你的说法。"季海滨说。

这时店长突然对着刚进门的两位顾客大喊起来："欢迎光临！"乔麦和在场的其他店员也同样斗志高昂地喊起来："欢迎光临！"

马费面色红润地回到座位上，乔麦对季海滨笑了笑，小声地说："欢迎光临，谢谢你的赞同。"

马费一脸蒙圈，目送这位女服务生走回工作台，又转过头看季海滨，眨巴着已经红肿的眼睛问："赞同啥？"

"我不赞同。"

地上散着正反都写满字的纸张，各种修改痕迹几乎要把纸印穿，还有些纸已被揉成团。便携式电脑的屏幕里叠加着好几份 Word 文档的窗口，里面标记与符号缠绕，黑色、蓝色、红色的字体混搭在一起。

"那你到底想怎样？"马费又喝完一罐咖啡，然后像患强迫症似的将那些喝光的咖啡罐沿着墙面排成一列。

"我承认经过你的修改，故事从开始就显得颇具悬念，所以更吸引人，但这与我最初的设想相差太远了。不过这不是最重要的，最重要的是，我们找不到故事的出口，我们已经想了很久了，我觉得这是一个看起来很美的死胡同。"季海滨说。

"OK 啊，没问题啊，所以你最初的设想是什么？这个问题你一直没回答过我。"马费问完往榻榻米上一倒，看到杜安宁站在楼梯的扶手旁。

季海滨也看了过去："你怎么老是这样？你很喜欢站在我家楼梯扶手那儿吗？"

"你们在聊什么？"杜安宁问。

"聊故事。"马费说。

"吵醒你了？"季海滨问。

"没有啊！"杜安宁看了看时间，"刚五点多，为什么在日本睡觉都很容易早起？而且不觉得困。"

"空气含氧量高吧！"季海滨说，"这跟我在东南亚的时候感觉一样。"

"要不然把这个故事说给第三个人听听？"马费坐起来说，"你没跟她说过吧？那她就是最客观的了，让未来的观众判断一下。"

季海滨耸耸肩："可以啊！"

杜安宁拍着手坐到两个男人中间："你们昨晚不会聊了一夜这个故事吧？"

"半夜。"季海滨说，"我们回来的时候就已经深夜两点了。"

"我来简单说一下这个故事的起因。"马费说着拿起凌乱的稿纸扫了几眼又放下，然后伸出双手比画起来，"开场画面是一个男人坠楼身亡，接着就是妻子在为他守灵，突然这个时候男人的手机响了，这个手机也算是他的遗物吧，而且还是连续响了好几下。你就先想象成跳出很多微信消息吧，这也很正常啦，人突然没了，也不是所有联系人都能知道嘛！那妻子这个时候当然很悲伤啦，同时也想看看究竟是谁在联系自己的亡夫，因为如果是什么重要人或重要的事，最好也告诉对方一下。但问题来了，妻子试了几次密码都不对，这就尴尬了，这时妻子想到了办法，不是还有指纹解锁功能吗？于是妻子就捏起丈夫的手指逐一地试了下，终于，有一根指头是可以解锁的，就暂定为右手食指好了……"

"我觉得能解锁的指头究竟是哪个其实很重要，不同的手指解锁代表着使用者的习惯和心理，所以，死去的这个人究竟用哪根手指解锁是要和人物性格以及后续的情节有关的。"季海滨说。

"这个是细节，现在先不讨论可以吗？"马费说，"我们先把重要的东西解决，然后慢慢设计细节。"

季海滨示意马费继续。

"解锁之后，妻子就能看见丈夫收到的信息了，但妻子发现，在丈夫的微信里，一个联系人都没有，只有一个聊天群，而且丈夫和群里的任何人都不是好友。这个群好像在玩某个游戏，赢家赚大钱，输家赔命，丈夫的死好像就跟这个游戏有关。所以，妻子就割下了丈夫那根可以解锁的手指上路了，她要挖出丈夫真实的死因……"

杜安宁听得还算投入，但当马费问她感觉怎样后，她惊讶地表示难道这就没了？

"这只是故事的开头。"季海滨说，"但我们现在也只有一个开头。"

"这个开头能吸引你吗？"马费问杜安宁。

"能……吸引，因为这个开头具备了一定的商业元素，但我有个问题。"杜安宁说，"为什么妻子不选择报警呢？她为什么非要自己冒险解开丈夫的死亡谜团呢？"

"你这个问题提得很好。"马费说，"这就需要我们给妻子一个不得不这么做的设定。比如，我只是随便举个例子，这对夫妻有一个身患绝症的孩子，医疗费高昂，也许丈夫参加这个游戏就是为了赚取医疗费，结果却把命搭进去了，而妻子之所以不报警，是因为她发现在上一轮游戏结束后，她的丈夫其实是赢家，巨额奖金已经被丈夫拿到，但丈夫却突然死了，所以她想找到这笔下落不明的钱，如果报警的话，那这笔钱肯定就上交国家了呀！"

"嗯——你这么说也是说得通的，所以这是一个惊悚悬疑类的故事对吗？"杜安宁问。

"我是这么想的。"马费说，"我觉得这样的风格更符合当下观众的口味。"

"但和我最初的想法有很大的不同。"季海滨说，"我不是说马费的想法不好，而是我的初衷只是想讨论家庭关系，丈夫突然去世，但他的手机依旧在收取信息，这时的妻子自然不会像丈夫还活着时那样不去看丈夫的手机，于是，妻子在丈夫的信息里看到了'不可告人'的秘密，当然，不一定都是坏事，但肯定改变了妻子对丈夫的认知，这个和自己结婚十多年的男人在妻子眼中突然就变成了陌生人一样。

可能我描述得也不是很具体，但大概是这个意思，固然会有一定的悬疑感，但最终的走向也应该是温馨的，妻子会重新发现丈夫对她的爱从没有变过，我没想去设计太强的阴谋论。"

"为什么不呢？"马费问，"观众就喜欢看具有阴谋论的东西呀，就想看现实中体验不到的情节呀，他们不要那些苦大仇深的东西，因为现实已经够苦大仇深的了。"

季海滨说不出话来，起身去喝了杯白水。

"他不说话就代表默认了。"马费告诉杜安宁。

"你想多了，我只是没有为我的想法找到出口。"

"其实我有个建议。"杜安宁说，引得季海滨和马费都投来期待的目光，"反正你现在也写不出自己想要的故事，那不如继续写网络小说吧，说不定写着写着会发现对自己的故事也有所帮助呢？"

季海滨不加理会，走到二楼，在进卧室前朝杜安宁丢出一句："记得把午饭做好，我睡醒后就要吃。"见马费还在思索，又问，"你不睡会儿？"

马费盯着电脑屏幕："睡觉的时间多了去了……"

"兄弟，这事你得听我的，回去跟你的未婚妻道歉，好好地道歉。"

马费简直不敢相信这个只在夜场偶然见过两次、专门负责陪自己消遣的家伙竟然说出这么大逆不道的话，还称自己为"兄弟"，尤其是在醉得都没法直立行走的状态下。

"不好意思，你哪位啊？"马费问，他确实不记得这个男人叫什么。

"相信我，结婚是大事，我有经验。"对方趴在吧台上，闭着眼说，"你现在要做的就是，放下酒杯，吃片口香糖，然后开车去未婚妻家，千万不要告诉她，就往门口一跪，跪到明天早上，等她一开门，说声对不起，正常女人都会原谅你的……"

之后还吧啦吧啦地说了好多话，但马费的目光一直盯着舞池里一个身材火辣的妖娆女子。

"我喜欢！"这是舞池那位妖娆女子对马费说的第三句话——第一句是"嗨"，第二句是"OK"。

当马费把她推倒在威斯汀酒店的大床上，自己则面朝下趴在床上不动了。

"不是吧，这时候还能醉？装什么啊！"女人用脚碰了碰马费的头，一不小心将他踢下了床。

马费慢慢睁开眼睛，看到四周一片白色，这不是他记忆里酒店客房该有的样子，但意识好像还停留在昨夜的声色犬马中。他看到正好在查房的护士，下意识地溜出一句："你这情趣装看起来质量不错啊！"

年轻的小护士吓得连忙叫来医生和保安。

"你是昨天晚上被送来的，哦不对，准确地说是今早一点半，一位不愿意透露姓名的女性好友把你送到了这里。"坐在马费对面的医生说。

"不愿意透露姓名的女性好友……"马费假装思索着，"那我就真的不知道是谁了。"

眼看自己的打趣没得到反馈，马费认真起来："虽然有点不好意思，但我知道我是有病的。"

"你知道？"

马费点点头："我不知道这病是什么时候得的，但时间应该蛮久的了。"

医生翻着检验报告，皱起眉头，不时地瞄马费一眼。

"我也不清楚这病算不算严重，毕竟有点不常规，我有的时候觉得自己能控制住，但事实上不行，我也不知道你们能不能治得好，其实我也查过不少资料，大部分说是心理原因，但我觉得恰恰相反，这明摆着是生理原因啊！"

医生有点蒙了："你是叫马费吗？"

马费点点头。

"可能我们说的是两件事。"医生来回转着指间的笔，"你说你自己病了，是什么病？"

"性……"马费恰好打了个嗝儿，看着医生瞪大的双眼，赶紧把话补全，"瘾，性瘾。"

"啊？"医生彻底傻了。

"难道不是吗？"马费也傻了。

医生犹豫了一下，可能觉得坦白是最佳选择，便将诊断书推给了马费。

那份已经被看了无数遍的诊断书被工整地放在马费的行李箱中，不知是不是心理作用，每到深夜，马费都觉得肝脏部位传来阵阵恶痛。

"要不你再换家医院查一查？或者，还有什么未了的心愿趁现在还能走动赶紧完成一下？"

马费起身拉开窗户，看着夜空中的星星点点，想起医生说的话，虽然听起来很有道理，但也太直白了吧！他扪心自问，除了花心一点，平时的生活还是很健康的，否则也无法练就这样的身材，怎么就突然得了肝癌呢？难道是因为……喝酒？可自己这点啤酒量和老外们比起来简直沧海一粟，这也能得肝癌，那照欧美人那喝法早就该灭绝了。

快要进入第二天的时候，困意四起，临睡前，马费在联络人里找到曾经的未婚妻，想告诉她自己快死了，甚至有点犯贱地想从这个被自己伤害过的女人那儿收到一句类似"活该！"这样的回复。可当他反复修改最终也就只发过去"我快死了"四个字后，收到的却是一个红色的感叹号以及提示非对方好友的验证。

季海滨显然低估了自己的睡眠质量，他醒来的时候已经是傍晚了，橙红色的夕阳挂在下町的天空中，弥漫出旧时归家的烟火气。

餐桌上贴着马费留下的字条，他和杜安宁去银座逛街了。季海滨拉开冰箱门，发现里面空荡荡的，只有两颗鸡蛋。

上班族们此时还没回到日暮里的居住区，超市里的工作人员比顾客多。季海滨站在啤酒柜前，犹豫着该买朝×还是麒×。

超市的门又"叮咚"一声打开，接着传来员工们统一的"欢迎光临"。这让正准备取下半打啤酒的季海滨想到昨晚马费带自己去的那家居酒屋。他放下啤酒，看了看时间，即将七点，那里差不多也该营业了。

陌生的服务员耐心地向季海滨推荐店里的招牌菜式，比如鸡肉刺身和鳗鱼饭，但他只要了一扎生啤，花了一个钟头慢条斯理地喝完，在整个过程中都没有看到自己想要看到的那个女服务生；他甚至还去后巷转了转，希望在进出门的那一刻撞见她，但很快这个希望也落空了。

"欢迎再次惠顾！"服务生帮季海滨拉开门，碰巧有新的顾客进来，"欢迎光临！"

离开居酒屋后，季海滨沿着皇居外的主干道走到丸之内商业区。因为周末的缘故，流动餐车都摆在了高级写字楼下的路边，贩卖一些诸如热狗、比萨、啤酒之类的西式简餐，在这一小片充满纽约苏荷区氛围的空间里，季海滨看到了最应景的店铺招牌：Shake Shack。

不到二十年历史的Shake Shack估计从没想到自己会成为网红，这就是一家起步于热狗餐车的汉堡店，和其他无数辆在纽约麦迪逊花园广场周围谋生的摊贩没差别，如此吸引文艺分子尤其是中国的文艺分子，应该感谢李安。当年拿到奥斯卡奖后，这位华人导演做的第一件事就是去这家店连吃了两个起司汉堡。

季海滨无意赶时髦，但突然发现鞋带松了，在他蹲下身准备系紧鞋带的那一刻，被身后的行人撞倒了。

"すみません！（对不起！）"女人惊慌的声音传来。

"It's OK！"

季海滨顺便帮女人捡起掉落在地上的购物袋，站起来一看，是他想见的那个女服务生。

许多外来产品到了日本都会被进行改良，但 Shake Shack 至少表面上看起来完整地继承了纽约的设计风范，黑白灰为主的色调，加上挑高且裸露的工业厂房结构，配上木制的长桌和巨大的落地玻璃，最重要的是，服务员的英文水平够高。

"你吃过这里的汉堡吗？"季海滨问站在自己身边的这个刚见第二次面的女生。

"没，我都不知道有这家店。"乔麦看着挂在墙上的黑板菜单说。

"嗯——"季海滨有些犹豫，虽然因为李安的缘故他很喜欢 Shake Shack，但就之前在日本吃汉堡的经历，还是有些恐惧的，因为不论是摩斯汉堡还是麦当劳，不论牛肉还是鸡肉，居然都是甜的，这比咸豆浆还恐怖好吗？

"你在想什么？"乔麦问，"我就要一份冰激凌。"

"那我也要一份冰激凌吧。"季海滨说。

"你不吃点东西吗？"

"我……先吃一份冰激凌吧！"

户外的小型演唱台开始了演出，季海滨和乔麦坐在侧方的露天位置上。夏夜湿咸的气味弥漫在一株高大的香樟树周围，从流动餐车里飘出的香味被迅速融化开的冷饮裹住。

"其实我刚刚从你打工的居酒屋出来。"在相视一笑后季海滨打破了沉默。

"哎——真的吗？"乔麦说，"怪不得你不饿呢！"

"但我在那儿只喝了一杯啤酒。"

乔麦很意外："店里的人没有向你推荐鸡肉刺身吗？"

"推荐了。"季海滨说，"但我好像接受不了，生吃鸡肉，有点怪怪的。"

"这样……"乔麦咬着勺子，"我一开始也接受不了，后来就习惯了，那个生吃的鸡肉是特供的。"

"我知道啦，但就是……接受不了，可能以后会接受吧！"

"哈——"乔麦忍不住笑起来，含在嘴里的勺子不小心落了下来，掉在她的衣服上。

"ごめん（不好意思）……"她立刻小声说道。

鸽子在露天座位间闲庭信步，叼啄些散落的食物。对面这个一脸歉意的女生捡起勺子后又从手包里拿起手帕轻轻盖住衣服上的渍迹，不动声色地看了一眼季海滨，继续用吃冰激凌的动作掩饰自以为是的尴尬。

"还没有请教你来自国内哪里。"季海滨说。

"济南，你知道济南吗？"乔麦问道。

"我……知道啊。"季海滨说，"济南不是一个默默无名的地方吧，虽然我没有去过，但我去过青岛。"

乔麦点点头："那你感觉青岛怎么样？"

"很糟糕。"季海滨直白地说，"不过那已经是十年前的事了，我在青岛待了三四天，那是我人生中最烂的一次旅行。"

"哈——"乔麦又笑起来，这次她没有把勺子咬在嘴里，"因为旅行之后就分手了吗？"

"啊——不不不，我不是和女朋友去的，是跟一个高中同学，男的。"

乔麦耸耸肩："我随便说说的，你别紧张嘛！不过，你昨天刚去过那家居酒屋，怎么今天又去啊？"

"因为……"

季海滨想起在超市里买啤酒时的情形，是因为一声"欢迎光临"让他想到了如今正坐在自己对面的这个女生。

他看着女生，女生也看着他。演唱台上换了新的歌手，自弹自唱起了 *City of Stars*《繁星之城》。

"我落单了。"季海滨说，"昨天和我一起去的那个朋友，你还记得吧，他和另一个住在我家的女生出去约会了。"

"听起来有点复杂。"乔麦说。

"不不不，一点都不复杂。"季海滨说，"这不重要，重要的是我落单了。"

"重要的是……我们在这儿碰见了。"乔麦接上季海滨的话，就仿佛一项熟练的专业技能。

"嗯——所以，感谢我的鞋带，在最需要的时候松开了，我才停了下来。"

"还得感谢 Shake Shack。"

"你是不是不喜欢吃汉堡？"季海滨问。

"没有啊，为什么这么问？"

"因为你是鲁国人呀！"

"鲁国？"乔麦转了下脑筋，"你是说我是山东人对吗？"

"对啊，鲁菜可排在中国八大菜系之首呢，所以我想你的口味应该很挑吧，看不上汉堡这种美式土菜。"季海滨说，"早知道你来自鲁国，我就不推荐 Shake Shack 了。"

"其实我很喜欢吃冰激凌的，而且他们家的口味挺好。"乔麦梳理了一下头发，"别老说我们鲁国了，说说你啊，你是哪国人？"

"我吗……我应该是越国人吧！"季海滨说。

"越国人……那你是一个什么样的越国人？"

"我是一个……逃到东瀛的越国人。"季海滨说。

乔麦认真地点头："我能纠正你的一个小错误吗？"

"当然。"季海滨大方地说。

"其实……我不是鲁国人，我是齐国人。"乔麦说，"虽然我不知道鲁菜是八大菜系之首，但我知道济南以前叫泺邑，后来又改成了历下，是属于齐国的。尽管现在的山东省被缩写成'鲁'，但大部分都属于曾经的齐国，鲁国因为出了个孔子所以名气很大，但只是齐国南部的一小块儿。"

季海滨咽了咽口水，虽然他也不知道这个姑娘说得是否正确，但人家既然如此滔滔不绝地纠正了自己的错误，想必胸有成竹，顿时感觉颜面尽失。

好在对方及时察言观色："所以，我算是一个逃到东瀛的齐国人。"

即便到了晚上十一点，日本桥站的每个进出口依然人来人往。

带着浓浓醉意的顾客穿着工整的黑色职业装从附近天桥下的一家家串烧店和啤酒屋里出来，搀扶在一起，点头、鞠躬、握手，进行一整套漫长的告别礼仪，每隔几分钟就会呼啸而过的电车像是在做善意的提醒。

"日本桥是一座很坚强的桥呢！"季海滨说，"不论是关东地震还是'二战'时的轰炸，都没能把它消灭，所以现在桥底还留有灼烧的痕迹。"

乔麦看着地铁口，犹豫的目光让季海滨知道自己刚刚讲的话对方并没有听进去，不过这样也好，本来是想多留住对方一会儿，所以从有乐町走到日本桥，却因为不好意思明说而有了那句生搬硬套的感叹。

"最后一班电车 12 点以后才停，所以只要赶在 12 点回到这里就行。"乔麦说，"你想再去别的地方转转吗？"

草绿色条纹镶嵌在以银色为主体的 E231 系列车身上，首节车厢正前方的上部亮着红色的"池袋·新宿方向"字样。作为东京都的环状铁路线，山手线不论从造型、结构还是用途方面，简直和上海的四号线如出一辙，或者说，上海的四号线完全就是照着山手线去设计的。

季海滨和乔麦绕过香格里拉酒店，站在八重洲的入口处仰望素有

"日本玄关"和"东洋第一站"美名的东京站，整座三层长楼的外体被内部映射出的灯光染成橘红色，铁轨上新干线列车如彗星般从远处驶入。

和上野公园一样，东京站是明治维新全盘西化的产物，但也和日本桥一样，东京站是这个从来都不甘于龟缩一岛的民族命途多舛的体现。

从 1872 年到 1889 年，全日本第一条铁路——新桥至横滨，还有东海道本线新桥至神户先后通车，不久之后，当时的铁道省决定将这两条会经东京这颗心脏的大动脉串联起来，并在交会处新建一座被称为"中央停车场"的大型车站，于是"东京站"便在建筑大师辰野金吾的设计下诞生了。

"我第一次来东京的时候这里还在重建呢！"季海滨说，"那时候……大概是 2011 年吧！"

"2011 年？那个时候我还没有来日本。"乔麦说，"我记得我第一次来东京站的时候就已经是这样了，不过我不知道这里重建过，怪不得那时候我纳闷这座车站怎么新崭崭的呢！"

"那……你至少是在 2012 年 10 月之后来的日本。"季海滨说，"据我所知，我们现在看到的东京站的红砖驿舍是在 2012 年 10 月之后完工的。"

乔麦看着东京站正门上的塔钟说："不是，我在那之前就来了，只是没有来东京站而已。"

"所以……你已经来东京超过五年了？"

乔麦快速心算了一下，点头说是。

"那为什么选择来日本？"季海滨问，"这个原因可以说吗？"

"因为一些事情吧！"乔麦答道，"因为一些事情，我才来的这里。"

同样是一句说了等于没说的话，不知道为什么，季海滨并不觉得女生是在搪塞，兴许就跟自己一样，不论是来东京还是去纽约，都有一个原因，可能现在还不适合详细讨论这个问题。

"其实东京站差一点就不是这样了。"季海滨及时切换了话题。

"你是说重建之前和现在不一样吗？"

"不是，是在最初建造之前，就有了三个不同的方案。其中两个差不多，都是为了凸显皇家的权威，所以在这里有一个中央高塔。"季海滨双手上下比画着说，"就像所有工整对仗的建筑那样，在中间有一个高高的塔楼。但我觉得象征皇家权威只是表面意思，本质上是一种'阳具崇拜'思维。"

"就像那些城市地标一样。"乔麦说，"每个城市都会有那么一两座毫无实际用途的高楼。"

"对，但后来日俄战争的结果改变了设计者和官方的态度。"季海滨带着女生穿过站前的一片停车场，走进东京站内，"日本取消了原本只有一层和两层的设计，改为了三个楼层，并撤掉了中央塔楼，保留了两侧的圆拱顶结构，使得整个车站的平铺感和流畅感更强，也更规模宏大，是个完完全全的'亚洲第一'。"

列车穿过有乐町，以顺时针方向前进，不远处日比谷站附近一座大楼上"朝日新闻"的字样历历在目，把季海滨从窗外浮光掠影的世界里唤醒。

"日本还真是喜欢赌国运呢！日本明治维新三十年，就一跃成为亚洲第一强国，接着在十年内连打了甲午和日俄两场战争，彻底把远东地区给征服了。"季海滨说，"甲午战争尚且不论，但日俄战争赢得可没那么轻松，说是惨胜也不为过，日军的死亡人数是甲午战争时期的二十多倍，而且并没有捞到什么额外的好处，因为本质上只是充当了英美的棋子。"

季海滨说得兴致勃勃，而身旁的乔麦只顾低头微笑。这笑意味深长，既像是白居易笔下的"六宫粉黛无颜色"，又像是特蕾莎·梅在英国议会辩论中上演绝杀前的蓄力，令人捉摸不透。想到之前女生纠正自己是齐国人而不是鲁国人的一幕，季海滨立刻闭上嘴，生怕在近代史上再次折戟。

车厢内的乘客在品川站进行了一次大规模的更替，周围突然酒气肆溢、人声鼎沸起来。座位上一些年代感十足的老人捧着口袋书进行传统阅读，这种隐藏在陌生关系中的无声反抗让季海滨泛起强烈的安全感。

乔麦挪到外侧的车门旁，玻璃上倒映出她的身影，季海滨跟着她从夹缝中钻出来。

"山手线上的每一站你都有去过吗？"乔麦问。

"还没有，我还没有完整地坐过山手线。"季海滨说，"除了我住的日暮里和上野，就只去过涩谷、新宿这种比较重点的站，有的时候是自己一个人去逛逛，有的时候是带第一次来日本的朋友去尝鲜。”

列车再次启动，季海滨不知道女生的目的地在哪儿，总觉得她在窗外斑斓的夜色中等待或寻找着什么，但顺着目光看过去又收获不到任何信息——他们已经将近十分钟没有交谈了。

“我们去看看‘八公’吧！”乔麦说，“正好下一站就是涩谷了。”

为了方便游客，涩谷站的管理者们干脆将其中一个出口命名为“八公改札口”，相比白日里游客蜂拥而至来和“八公”合影的盛况，此时那只小狗寂寞了很多，无非也就是路人碰巧经过拿出手机按下快门，好像存上一张八公的相片就拥有了忠诚。

“你养过这样一只小狗？”季海滨问。

“没，但我有一只乌龟。”乔麦答道，“跟了我三……四年。”

“我不知道这么说会不会引起你的不悦，但我还是想在第一次见面的时候尽可能诚实一些。”季海滨看着八公那望眼欲穿的眼睛说，“其实我不是很喜欢阿猫阿狗之类的，我很难从它们身上获得情感共鸣，并且我一直有个疑问。”

乔麦饶有兴趣地看着季海滨：“什么疑问？”

“我觉得，一个人如果能对动物产生爱，为什么不能把这种爱传达给同类呢！”季海滨说，“当然，你可以既爱动物也爱人类，但一些养宠物的人，他们一边亲切地称这些动物为‘儿子’‘女儿’什么的，一边对周围的人漠不关心，我完全不能接受，不，不是不能接受，是反感。”

乔麦哈哈大笑："你完全没有引起我的不悦，我也不喜欢阿狗阿猫，但没你那么多的理由，我就是觉得很脏。"

季海滨沉住气："其实我刚刚也想这么说来着，我担心太直白了，所以才扯了那么多。"

"所以下次请你直白一点好吗？"乔麦朝站前广场的另一端走去。

109大厦耸立在广场的西北方向，那个每分钟就有三千人经过、日人流量达到二百五十万的路口人头攒动，和Tsutaya大楼里星巴克窗前架起的长枪短炮一样，焦急地等待着八道相错的交通灯由红变绿。

"其实我一直想直白，但不知道该如何直白。"季海滨跟上乔麦的步伐，两人被拥堵的人群挤到只能贴身站立，"你觉得我是一个绕来绕去的家伙吗？"

"是因为第一次见面所以你才这么在意我的看法？"乔麦反问道。

"我不想让你觉得我是一个无聊的人。"季海滨说，"更不想去问那些你可能已经回答过很多遍的问题。"

红灯转绿，两侧的行人摩肩接踵，尽可能保持着彼此间的距离。停在机动车道上的一辆厢式货车放着震耳欲聋的口水歌，电子屏里是一家新开的夜店的视频广告，配合着车顶上的艳舞女郎，在人均密度最大的路口赤裸地做着宣传。

为了那些举着护照排队购物的游客，优衣库和Bic Camera延长了营业时间，鱼贯而出的买家手里挂着大包小包，脸上则挂着胜利的喜悦。季海滨明白他们那种展现强大购买力时的澎湃心情。

东京是如此的奇妙，虽然有着强迫症一样的林林总总的规则与习惯，却令人无比迷惘并失去方向，不论你是温文尔雅如是枝裕和，或张扬跋扈如北野武，不论你是贤者或浪人，都会立志要在东京争得一席之地。因此《迷失东京》的导演索菲亚·科波拉才将比尔·莫瑞的中年危机和斯嘉丽·约翰逊二十岁青春时代的无所适从同时放在这里。身在其中孤立、寂寞，一切都那么疯狂，却也折磨着你。

JR 新宿站完美地诠释了这种强烈的被吞噬之感。"这里是完全不一样的。"季海滨说，"我以前说过，纽约具备一座现代人类城市所必需的全部精神和元素，不论好的还是坏的，但东京是不一样的城市，她繁华但是又不主动入侵你的生活，她冷峻却能满足彼此不被打扰的安全距离，甚至可以这么说，东京是一座极度'反城市'的城市，日本的闭合文化造就了她，又凭借对各方面极致的追求养育着她。"

"虽然我没有去过很多城市，但我觉得东京很好。"乔麦说，"我听很多人说过，在没来东京之前，他们对这座在全世界名列前茅的城市心存敬畏，但来了之后会发现，他们很容易适应这里的生活，所以你觉得日本的文化闭合吗？"

"If you miss the train I'm on, You will know that I am gone..."

《五百英里》的旋律从新宿站东口外密集的人行道上传来，三个青少年组成的乐队开始了新的演奏，素白的月亮升入高空，挂在他们头顶正上方，像一盏聚光灯，又像被身后 Docomo 大楼叉起的奶油蛋糕。

"闭合文化不代表丧失包容性。"季海滨和乔麦走到天桥的中央，右侧西出口开往北陆和中部地区的长途巴士站正在发车，司机和行李员认真核对着箱包和乘客，"闭合文化是对内，包容性是对外，包容性是一座现代城市必备的要素，东京也无法例外。或者说，也正是因为具备了包容性，才有可能成为一座真正意义上的城市。这一点从希腊的城邦时代就开始了，然后蔓延至整个欧洲，再随着殖民者前往北美，最后来到亚洲。当然，本质上来说，亚洲的第一批城市也是殖民者建立的，比如上海。"

"在所有你去过的城市里，东京排在什么位置？"乔麦问。

季海滨将手举过头顶："城市对应的是村庄，这两者之间我喜欢城市，这不是什么小众的回答，但具体来说，我喜欢的是那种城市中的迷失感，这一点在村庄里是无法实现的。村庄代表着天然的熟悉，拥有着一种精神和地域上的双重束缚，孕育出小镇青年，让他们时刻明白自己是谁、在哪里。我不喜欢这种感觉，这些都是我一直想要摆脱的。"

"东京能够满足迷失感对吧……"乔麦看着桥下停滞在红灯前的车流说，"就像刚刚我们在涩谷的时候，在那个路口，你不再觉得自己是这个世界的主宰，甚至不觉得自己是自己的主宰，只是庞大分母上的一个孤独的分子。"

"不同城市提供的迷失感是不一样的。"季海滨说，"我认为如果一座城市没有属于她在文化领域内的'黄金年代'，那么是很难形成迷失感的，这一点，巴黎符合，纽约符合，东京符合，上海也符合。"

穿过几条堆满弹珠房的街道，路边的商铺一下子艳丽起来，大大小小的招牌和广告纸上全都印着风情女郎的身影，店门外招揽顾客的小哥们也和之前看到的不同，他们机敏且富有经验地审查着往来行人，挑选值得搭讪的对象。所以，和乔麦走在一起的季海滨完全不在他们的考虑范围内。

尽管乔麦面色平静，但季海滨还是想尽快走出这烟花之地，可能是因为这些商家的外形都看不出差别，绕了几圈后像是回到了原地。季海滨担心乔麦会乱想，以为是自己故意为之，心想这时候如果马费在身边就好了，他对这里一定了如指掌。

"整个新宿反而是这里很少看见中国人呢！"乔麦突然先开了口。

"因为这些风俗店一般不接待外国人。"季海滨说。

"你知道？"乔麦问。

"我一个在这儿留学多年的朋友告诉我的。"季海滨只恨有时懂太多也不好，而马费的身体虽然不在这里，但依旧能被拎出来挡枪，"一方面是语言不通，生怕因为沟通上的误会引起争论。另一方面，他们对不懂尊重的外国游客格外抵触。"

"你懂得好多。"乔麦羞红了脸。

季海滨抬起头看见一座拱门状的街牌——歌舞伎町一番街，走出这扇门，正好是地铁的入口。

乔麦要乘坐"东西线"回浦安，季海滨此前从未听说过这个夹在东京和千叶县之间的城市，但后来才知道，原来迪斯尼就在浦安的西南角，与江户川区的葛西临海公园对望。

"对不起，我不知道你明天还要上课，如果知道的话我不会拖着你那么久。"季海滨深表歉意，看着地铁图想帮女生找出最便捷的回家路线。

"没关系，这件事没你想的那么严重，事实上，我也经常逃课。"乔麦说，"这跟你们国内的大学是不是很像？"

"所以你一个人在这里念书，然后去居酒屋打工赚生活费？"

"不仅是生活费，还有学费。"乔麦说，"既然知道我是在这儿念书的了，那你是不是该告诉我你来这里的目的。"

"我是……来'逃难'的。"

车厢内的广播提醒着人们即将到达日暮里。

"逃到东京……你为什么也要用'逃'这个字？"乔麦问。

"那你为什么要用'也'这个字呢？"季海滨觉得自己扳回了一分。

列车停稳，乔麦走出车厢，季海滨不太明白她的用意，在车门即将关闭前跳了出来。

"你到了，回去吧。"乔麦说。

"这么晚了，我难道不应该送你回去吗？"

"你送我回去你就回不来了，我等下一班车。"乔麦说，"你还是没有告诉我你来日本是干什么的。你不像是来旅游的。"

"那要看你怎么定义'旅游'了。"季海滨说。

"我见过很多游客，你和他们不同。"

"比如？"

"比如……游客不会像你这样对东京的地铁轻车熟路，也不会对一家来自纽约的汉堡店情有独钟，更不会……"乔麦拖了拖语调，"更不会连着两天去同一家居酒屋。"

下一班列车即将进站，黑色的隧道里传来雄厚的回音，迫使站台边缘处的人们往后靠了靠。

两人留下了各自的手机号码，乔麦打趣告诉季海滨，昨天是她在那家居酒屋打工的最后一天，如果以后要找她，去那家居酒屋是没用的。

季海滨看着手掌心的那串号码笑了笑，装模作样地告诉她，她想多了。

列车门缓缓关闭，乔麦站在门口和季海滨隔窗相望，相互挥了挥手。

关东煮微微沸腾着，外围的玻璃罩蒙上了一层淡淡的白色雾气；在紧挨着的保温箱里，串烧和炸物流淌着娇艳欲滴的浓色酱汁；一旁热饮柜里的咖啡和奶茶在这样炎热的季节里被冷漠以待，而各类冰镇饮料和乳制品都被头空，店员正马不停蹄地补货。

不时有拖着行李箱的男男女女走进便利店，大多是刚刚来到这座城市的游客，对于还没摸清东京底细的他们而言，24 小时营业的罗森和全家变成了最有安全感的空间。

杜安宁正坐在便利店的窗边吃着第三根冰激凌，一看到季海滨屋子里的灯亮了，便立刻冲了回来。

"马费呢？"季海滨看到在玄关处换鞋的只有杜安宁一个人。

面对这个提问，杜小姐的脸上挂满问号："为什么要问我这个问题？"

"你们不是一起去了银座吗？"

"但我们一出银座地铁站就走散了。"

季海滨露出完全不相信的眼光，杜安宁无奈地叹气："我保证不是故意把他甩掉的。"

"也是。"季海滨让出身放杜安宁进来，"你就是想甩也甩不掉。"

"他也没有联系你吗？"

季海滨摇头："这么说来，好像是他把你甩了。"

"不是甩我，是甩我们。"杜安宁纠正道，"从来只有我甩男人，没有男人甩我的。"

季海滨朝她竖起大拇指："坚持下去。"

杜安宁白了季海滨一眼："这年头像你这么复古的也不多了。"

"复古？"

"你见过现在还有谁把电话号码记在手掌心的吗？为什么不直接输入手机里呢？"

"我们要不要留一个联络方式？"季海滨想起自己和女生在日本桥站临别前的对话，"难道下次见面还是靠偶遇吗？"

女生被逗乐了，放肆地笑起来，露出整齐的牙齿，但笑声敌不过列车发出的噪声。周围的乘客来往不绝，她从包里取出一支笔，在季海滨左手的手掌心写下自己的电话号码。

"仪式感。"季海滨用女生的话答复杜安宁，"不是复古，是仪式感。"

"仪——式——感？"杜安宁忽然发现季海滨的视线有点低垂，下意识地跟着他的目光低头。果然，季海滨正盯着她的胸部在看。

"没想到你是这样的季海滨！"杜安宁怒了。

"想什么呢！"季海滨指着杜安宁衣服上的斑渍说，"再不去洗洗就洗不掉了。"

杜安宁顺着季海滨的手指看到衣服上被掉下的冰激凌弄脏了一大块："啊！我去！这衣服一万多呢！"说着就往洗手间冲。

什么 T 恤要一万多？杜安宁关上洗手间的门，里面传来使劲儿搓揉的声音，这让季海滨又想起不久前相似的一幕和那句"ごめん（不好意思）"。

杜安宁洗衣服顺便洗澡的空隙，马费回到家，没等季海滨问他的行踪，他就左闻右闻了一阵，最终凑到季海滨跟前，说："你身上有别人的味道。"

"什么人？"

"女人。"

季海滨看了眼洗浴间，还没轮到狡辩就被马费堵住："不是杜安宁的味道，她的味道我知道。"

"你怎么这么饥渴？"季海滨不想透露今晚和女服务生的相遇，"闻什么都是女人的味道。"

"我为什么饥渴？"马费提高音量反问道，"还不是因为你！"

季海滨呆住……碰巧这个时候杜安宁又出现在了面前，手里拿着吹风机，意味深长地看着这两个男人。

"还不是因为你没找到故事的出口，导致我精神上失去依赖，所以生理上才那么……"马费合理解释道。

杜安宁转身飘离，季海滨拿好换洗的衣物走进洗浴间，在跳进浴缸之前，他闻了闻脱下的衣裤，不觉得有多余的气味。之后趁手掌上写着的数字没有被水冲尽，将号码输入通讯录。

鉴于有过和马费"同居"一周的经历，季海滨很担心这家伙睡着后发出的声响会让所有人不得安宁，但这几夜却异常安静，因为马费好像从未合过眼，这令他原本就很重的眼袋更加明显了。

直到一周后的某个清晨，季海滨和杜安宁都听到一楼客厅里传出震天动地的鼾声，这鼾声持续到当天下午三点。

"我想到出路了。"这是马费醒来后第一句话，"故事的出路。"

季海滨觉得真应该给马费直播，让公司老板知道睡觉都是他高效工作的途径，支付双薪才对。

马费大口吃着泡面，连蔬菜包都吃得干干净净，忽然觉得季海滨看自己的眼神比杜安宁还暧昧："你干吗？"

"这话应该我问你才对吧！"季海滨有一种被贼喊捉贼的委屈。

"没记错的话，这是你来日本后睡的第一觉吧？"杜安宁问。

"是啊，你干吗一下子这么拼？"季海滨很费解马费这段时间不要命式的工作态度，和杜安宁前后夹击。

"你不记得我的座右铭了吗？"马费喝光桶里的面汤，"把每一天都当作最后一天来过，如果……"他停顿了一下，"我是说如果，我明天就死了，那我的遗憾究竟是什么？"

季海滨和杜安宁好奇地凝视着马费，等待着他的遗憾。

"是没有完成现在的这部作品！"马费气宇轩昂地宣布，仿佛这部作品大功告成了似的，骄傲得升了天。

"但你说你想到出路了。"杜安宁说，"言下之意，死而无憾了对吗？"

马费被问住了，打了个嗝儿。

季海滨拿来一罐生啤，但被马费拒绝："七少爷，我要趁自己还有感觉的时候把这个出路告诉你。"

说完，马费起身，将手机连上音响，开始放背景音乐。

"你不是一直嫌我的想法太商业，缺少人文关怀吗？我这次就给你来个猛的。"等背景音乐完全展开后，马费身临其境地说，"把男主角设定为一个立志要成为著名作家的人。"只说了一句话他就看向季海滨，"你就把男主角想象成自己吧，为了这个梦想，男主角坚持了十年，辞掉工作潜心创作，在这个过程中一直是他的妻子在赚钱补贴家用，然而妻子对丈夫的期待在这十年中慢慢耗尽，更不在意丈夫是否真能成功，这反而令努力工作的妻子的事业逐渐攀升，随着工作的日益忙碌，妻子对丈夫的注意就更少了……"

说到这里的时候杜安宁默默地看向了季海滨。

"你别看他，你看我。他可不是原型，他成功着呢！"马费转向季海滨接着说道，"突然某天，男主角遭遇车祸，陷入昏迷，院方告知男主角家属他随时可能离开人世。这时，曾经拒绝过他作品的出版商突然造访，他们觉得这是一个巨大的商机，打算以破纪录的发行量出版这部'遗作'，所以他们需要男主角的妻子代为签署出版合同，承诺支付高额版税。然而，看着躺在病床上毫无生机的丈夫，妻子没有直接签下名字，她想，自己至少得知道丈夫究竟写了什么之后再决定吧！于是，她第一次打开丈夫的小说，开始阅读。随着阅读的深入，妻子在以第一人称叙述的小说中重新认识了丈夫，发现自己这十年来丝毫没有察觉出丈夫的改变。小说中的角色有些她能联想出原型，但有些完全陌生，特别是那个被丈夫倾注了心血的女主角，令妻子大为不悦，她觉得丈夫一定和女主角的原型有不可告人的秘密，她想挖出这个秘密。于是，妻子打印出丈夫的小说，独自上路，从那些认识的人开始逐步排查，但没有任何人知道女主角的原型是谁……"

"所以把带上一根断了的指头改为带上一本没能出版的书稿？"

"重要的在后面。"马费摆摆手示意季海滨先不要下判断，"这只是其中的一条故事线，我希望这个故事呈现出《一一》和《比海更深》那样的情绪，一个在家埋头创作十年的已婚男人，肯定有着复杂的家庭关系，除了对他已经失去信心的妻子外，他的父母怎么看待他，如果有兄弟姐妹，那些人又如何看待他，围绕着他，又会产生怎样的矛盾，这些矛盾随着他陷入昏迷之后又将呈现出什么样的变化，这些全都是值得讨论和表现的问题……而我最终想要实现的是，原本潜藏在一家人中的矛盾在男主角清醒的时候没能解决，却在他昏迷后，通过他作品里的文字解决了。因为只有当男主角躺在那里无法再开口说话时，身边那些与之亲近的人才会去看男主角写下的东西，原本他们根本不关心男主角在写什么，但现在那本遗作是他们唯一能缅怀男主角的信物了。最终，每个人都从男主角的小说中找到了自己的人生答案，也许这部小说不是什么畅销作品，甚至可能都没被签约，但治愈了全家人，当然也包括妻子，这就足够了。我想，妻子在兜兜转转一圈后应该会发现，自己就是那个女主角的原型，她忘记了自己曾经的模样，但丈夫一直记得并描绘了出来，让她得以重新寻回自己。"

"所以最后男主角醒来的时候应该是一脸茫然对吗？"季海滨说，"没想到家庭关系居然在自己这么久的昏迷时间里得到了修复。"

"对，我也是这么想的。"马费说，"有一点讽刺，但也很温情。"

"我觉得挺好，说明男主角的坚持也得到了回报。"杜安宁表示赞同。

两个男人相互看看，心照不宣。

窗外突然阴沉下来，空中乌云压境，风把桌上的一次性纸杯吹落，马费丝毫不受影响地面对着电脑奋笔疾书，杜安宁赶紧上楼去关窗户，周围的邻居们也在慌张地将晾晒在外的衣服收回。

季海滨站在门口，看着雨渐渐淅沥起来，突然听到手机传来信息的提醒声，像听到投食的鱼儿跃出水面，却发现只是一条广告。

"等人啊？"马费冷不丁一问，季海滨简直佩服死了他这种三心二意的能力。"我这叫眼观六路，耳听八方好吗？"说这话的时候马费还在电脑前打着字。

很快，季海滨又收到一条信息，打开一看是多日未联系的许晨曦发来的，信息里是一张朱丽叶·比诺什在《新桥恋人》里的剧照，并配着电影里的一句台词：梦里出现的人，醒来后就该去见她。

"谁啊？"马费问。

季海滨将手机举出窗外，拍了一张雨景，踌躇再三，发给了新号码的主人。很快，对方回复道：你要来浦安躲雨吗？

先在山手线上坐两站到上野，接着换银座线到日本桥，再换东西线，朝西船桥的方向坐到浦安，一个钟头不到，季海滨就出现在了这个如果不是因为乔麦自己永远也不会来的地方。

这座不会被游客光顾的小站甚至只有一个出入口，因此乔麦丝毫不担心季海滨会走失，她告诉季海滨一出站就会看见一家香喷喷的面包房，他们就在那里碰面。

然而就算不声名远扬，在这样的下班高峰期，浦安站也繁忙无比，站内的乌冬面店外还站着等待进场的食客，窗户上雾气腾腾，更添加了让人想进入一探究竟的欲望。

季海滨随当地人出站，发现浦安并不像女生说的那样明媚，夜空中飘着零星的雨点，落在干净的地面、五光十色的招牌，以及正在排队的黑色的士的车窗上。那些上了年纪的司机精神奕奕，穿着整洁的制服，等待从酒场里散伙的乘客，只要有人走近，就会自动打开后排的车门。

"如果我告诉你我没有化妆就出门，你不会怪我吧？"乔麦在信息里问。

季海滨再次想起她说"ごめん（不好意思）"时的表情，在他回信前，对方又跟上一条信息："这不是针对你，只是因为我今天在家窝了一天，有点懒。"

还真是在乎别人的看法……季海滨这样想着，打出一行字发送出去：当然没关系，我就在面包店外等你。

信息发送成功，季海滨抬头发现自己显现在橱窗里的模糊映像特别缺乏美感，典型的中年男子模样：中规中矩的上下半身比例，干硬的发质，薄薄的上嘴唇，毫无棱角的面孔……幸亏少年时代算是个喜爱运动的人，有幸现在还残留着一些老本，可以用松垮的着装掩盖发福的肚子。他都有点不想看见此时的自己了。

手机振动，乔麦打来电话："我在你后面。"

季海滨转过身，看见一个戴着口罩、手臂上挂着一把透明雨伞的姑娘站在面包店的转角处。

"还真不知道带你去吃点什么好呢！"乔麦认真地思考着，左右观察街边的餐厅。

"好像我们每次见面都跟吃有关。"季海滨说，"第一次在居酒屋里，上一次去了汉堡店吃冰激凌，现在又要找地方吃饭。"

"那是因为你来得正是吃晚饭的时候呀！"乔麦的语气有些重，

好像真的不开心起来，这让季海滨有些不太明白。

"去吃炸串吧，在那条饮食街里有一家吃炸串的店还不错。"乔麦说，"对了，你吃炸串吗？"

"没什么不吃的。"季海滨跟着女生跨过主干道，进入对面一条顶部封闭的步行街，顿时闻到了弥漫开的香气，想必就是她所谓的饮食街，"其实我吃或不吃都没问题，我的生活没那么规律的。"

"啊！"乔麦在一家关闭着的卷帘门前懊恼地叫起来，"这家店居然停业了。"

"那……就换一家好了。"季海滨无所谓地说。

"对，反正你没什么不吃的。"乔麦接茬道，"那拉面呢，你喜欢吃拉面吗？"

季海滨点点头："好啊，我这次来日本还没吃过拉面呢！"

"那……你喜欢吃哪种拉面？"乔麦问。

几个胳膊上挂着黑色西装的男人敞着白色衬衣，掀开隔壁酒场的门帘，引出两个相似着装的女人，满面通红地说着季海滨听不懂的醉话，但能够看出被围在中间的女人显然对这种话题不适应，脸比男人们更红，不过依然不失礼貌地微笑，并露出极具暗示意味的愠怒神情。

季海滨和乔麦绕道而行，描述了一遍脑海中的拉面组成："就……那种日式拉面都可以吧，汤面里面放一两片生肉、叉烧和紫菜片，还有一些笋条、葱片什么的，对了，还有半只温泉蛋、一点豆芽菜什么的，就那样吧！"

乔麦翘起嘴角："其实拉面的精髓都在汤底里，所以我刚刚想问的是，你是喜欢酱油拉面还是味噌拉面，还是盐味的、猪骨汤的呢？"

季海滨明白女生说出来的每一个字是什么意思，但组合到一起就不明白了："那我之前吃过的那种拉面是什么类型的？"

这问题问倒了美食大神。"我怎么知道你之前吃过的是哪种拉面。"乔麦咂了下嘴，示意季海滨跟自己走，"如果是我推荐的话……你吃过……你肯定没吃过，但你听说过'悟空拉面'吗？"

在一座生意并不怎么好的停车场边的小路口，季海滨看到"悟空拉面"的招牌，红底白字，很像北京奥运会的火炬图案，两人踏入一米宽不到的店门后，弥漫出的团团锅气笼罩在眼前，确有腾云驾雾的感觉。

这家面馆不比季海滨时常光顾的回转寿司店大到哪儿去，没有独立的卡座，所有人都聚在工作台边，从那对夫妇手中接过食物。

季海滨用他那半吊子日文看菜单，正准备问身边的女生建议，发现她正盯着自己，面色不悦。

"有什么问题吗？"

"有一个大问题！"乔麦严肃地说，"这个问题在我们上一次见面的时候就有了，但我没有说，因为我以为我们不会再见面，但这次我们又见面了，所以我实在忍不住。"

季海滨低头检查了一下仪态，没发现什么硬伤："是我说了什么或者做了什么引起了你的反感吗？"

"不是，恰好相反，是因为你没有做什么。"

季海滨用湿巾擦了擦嘴角，不太懂女生的意思。

"你还没有问过我的名字。"乔麦说，"也没有介绍过你自己，你不觉得这样很不尊重人吗？"

"啊——"季海滨大梦初醒似的，"对不起，我不是故意的，我只是还没想到要问你……"

"没想到？"这样的措辞令乔麦更恼火，"这已经是我们第二次见面了，而且第二次见面都过去了一个小时，你也没问我姓什么、叫什么，这会让我觉得你很不认真。"

"怎么理解你所说的'认真'呢？"

乔麦露出爱笑不笑的无奈表情："难道'认真'有很多种解释吗？那你给我说说，国内人怎么理解'认真'？"

季海滨转移开目光，只用了很短的时间思考，之后把菜单整理了一下放进木架中，离开座椅，退出到门外。

乔麦有点不懂这个男人的套路，眯起眼，静静地观察。

"哗——"拉面店的门被重新打开，季海滨的身上有雨水的痕迹，他像一个好不容易找到港口登岸的水手，念叨着"好香啊"，然后迫不及待地坐到女生旁边的空位上，取下菜单，把正反面都来回看了两遍。

"哎？是你啊！"他感受到女生对自己的注意，惊喜异常，把对方吓了一跳，幸好周围人都不懂中文。

"见到你真好。"季海滨说，"不然我还真不知道该怎么办呢！"

乔麦一脸呵呵，顺着话题往下问："你是遇到什么麻烦了吗？"

"大麻烦。"季海滨说，"毕竟这是我第一次来这个地方。"

"这里可不像东京那么好玩。"

"我不是来玩的，我是来见一个人。"

"你在这里还有朋友？"

季海滨突然伤感起来："我不知道能不能称这个人为'朋友'，毕竟，我之前只和她见过一面。"

"只见过一面就大老远跑到浦安来，你胆儿也挺肥啊！"

"跟胆儿肥不肥没关系，有些人见一面就够安心了，有些人见一辈子也没用。"看见女生乐呵了一下，季海滨转而有些伤感地说，"但我不知道能不能见到她，我找不到她了。"

"你们没有约定好一个见面的地方吗？"乔麦问，"我不信你没有她的联系方式。"

"有，但我不知道怎么开口。"季海滨将语调放低许多，看着店主用漏网将拉面从汤锅里打捞上来，"有另一个好心的人提醒我，我才察觉我太自以为是了，居然都没有问她的名字，也没有自我介绍过，所以现在我不知道该怎么称呼她，这一定让她不悦。"

"所以你是专门来道歉的？"

"我是专门来躲雨的。"

乔麦终于忍不住笑出声来，逗得正在给其他顾客递上煎饺的老板娘也跟着笑了，虽然这个被热气熏红了面颊的女人完全不懂笑点。

"希望在雨停之前能够见到她，告诉她我叫季海滨。"

女生用手指蘸了蘸杯中的茶水，在餐台上写下"乔麦"两个字。

"乔——麦，你是说她叫乔麦？"

"我是说，我叫乔麦。"

"乔麦，这个名字很好听，而且也很好记，就像荞麦面一样。"

乔麦泄了气，用手轻轻揉了揉眼角："可别这么说了，你知道乔麦在日语中的发音有多么难听吗？就像中文的'扫把'一样。"

"扫把？"季海滨并不觉得这有多么难听，相反，他觉得这个名字很有童话色彩，"那么请问骑扫把的魔法小姐，你推荐我吃哪种拉面呢？"

陆续地有客人进来，带着屋外的清凉中和了店内的室温。这些熟客一坐下就和店家攀谈起来，也不管人家是否有意搭话，有时像自顾自地在抱怨着一天的不顺，有时又像在分享某个喜悦的经历，如果能找到共同话题，客人之间也会就着生啤絮叨两句。

尽管在点单的时候不停地说没那么饿，但季海滨不光吃完了自己那份带着厚厚一块五花肉的盐味豚骨面，还帮乔麦解决掉一半味噌面，另外，那六枚品相平平的煎饺也都被季海滨给清盘了。

"你觉得好吃吗？"乔麦问。

季海滨喝着面汤说："很好吃啊！"

"我问的是那盘煎饺好不好吃。"

"你看我都吃得一个不剩了。"

"可能你只是不想浪费呢？"

季海滨喝了一口加冰块的白水："我不会勉强自己的。"

"可是我觉得日本的煎饺一点都不好吃。"乔麦说，"整个东京的煎饺都一个味。"

"那你可说错了。"季海滨咬碎了冰块，发出"嘎嘣、嘎嘣"的声响，"明明是整个日本的煎饺都一个味。"

乔麦呵呵地笑，将吃完的拉面碗和托盘还给店家，从手包里取出印有樋口一叶肖像的纸钞。

"上次你付了冰激凌的钱，这次该我了，况且，这里是浦安啊！"乔麦接过店家的找零，投进一只袖珍的蓝色包里。

"那下次又轮到我了。"季海滨帮忙开门。

"欢迎再次惠顾！"店家夫妇高声吆喝道。

室外气温下降，夏夜在银白色的月光中显得愈发清冷。

"你赶时间回去吗，季海滨先生？"乔麦问，"已经不下雨了。"

"这里还有别的地方可以去吗？"

"这里虽然不如东京那么繁华，但还是有打发时间的地方的。"乔麦带着点自豪的语气说，"你想喝点什么吗？那边有一家自助饮品店，24 小时营业。"

"啊——原来下次这么快就到了。"

沿途的每家居酒屋和串烧店里都坐满了人，西装革履的上班族们满脸通红地高声谈论，一脱白日里的严肃，说笑声混合着香气和烟雾穿过门窗飘到人行道上，让那些有着选择恐惧症的人左右为难。

"其实我挺喜欢吃荞麦面的。"乔麦说，"那种蘸着酱油和芥末吃的凉荞麦面，你吃过吗？"

"欢迎光临！可以进来随便看看哦！"正在门外揽客的店员以为季海滨和乔麦是正在觅食的食客，热心地递上两份菜单。

"我没吃过。"季海滨说，"我好像更喜欢吃炒乌冬。"

"那你以后一定要尝尝。"乔麦指着菜单上的图片说，"就是这个，看到了吗，你会喜欢上的，配上天妇罗，味道很好，但今天就算了。"

一家下沉式店铺外挂着夺人眼目的招贴画，画上的裸女还不及"人妻""熟女"之类的字眼挑逗。因为是在居民区的缘故，这些店铺外不像歌舞伎町那样站满揽客的少年。

"我在来这里的时候经过了葛西站，让我想起之前看过的一篇关于'二战'后日本遗孤的报道。"季海滨在风俗店的招贴画前站了一会儿，"那是一批遗留在中国东北的日本孤儿，日军投降后他们被留在了中国，然后被中国人抚养长大，直到 70 年代中日恢复邦交，他们像'移民'一样回到日本，但几乎没人会日语，也不习惯日本的社会制度和生活方式。当然，日本方面对他们的接纳程度也不高，所以他们就很边缘，只能在这种风俗店里拉皮条。"

"我知道你说的这些人。"乔麦说，"他们大部分生活在西葛西，不是葛西站，而且现在已经不是战后第一代了，他们的孩子在风俗店里做事。"

"你也听说过这个故事？"季海滨没想到这个报道如此出名。

"我身边很多同学在聊这件事，这些人既难以融入日本，也无法和在日本的中国人成为朋友，就很四不像，所以形成了专属于他们的

组织——怒罗权。"乔麦说，"你知道'怒罗权'在日文里怎么读吗？ドラゴン。"

"ドラゴン？"季海滨有点意外，"对，我想起来了，怒罗权就是'龙的传人'的意思，所以发音成'ドラゴン'也是理所应当的。"

"嗯，虽然西葛西那边有很多风俗店和怒罗权的人，但其实并没有想象中那么乱。"乔麦说，"但总归还是不要在晚上去那里。哎！我说的那家自助饮品店到了。"

爬上一小段阶梯后，季海滨随乔麦走进这家并不怎么热闹的店里，问明情况的服务员将他们领到非吸烟区坐下。周围都是些看上去正在复习功课的年轻人，每人"霸占"一整面桌子，各种资料、文具和参考书铺满桌面，专注到连杯子里的饮料已经空了也没有再去取。

"不知道你喜欢喝什么，可以每样都试一下。"乔麦端来两杯柠檬茶，"不过这好像不重要，重要的是，我也还不知道你是做什么的呢！"

这真是一个好问题！当体会到乔麦因为他们没有正式相互介绍而恼火时，季海滨就打算买一赠一地告知她一下自己的工作，却发现有点说不出口。这并不表示季海滨觉得写网络小说是个不体面的职业，而是过往的经验告诉他，随便哪个聊天对象知道他的职业后，接下来的所有话题都会围绕着网络小说，而他并不想聊自己写的小说，因为聊小说不像聊好身材那么美观，那种感觉就如同无休止的加班；此外还有一个重要原因，根据合同，他现在还不能向任何人透露自己就是"七少爷"，尽管他的合同已经到期了。不过关于这一点，在认真审视完自己的形象后，季海滨发自肺腑地认可，他也觉得不该抹黑被辛苦塑造出来的"七少爷"。

"我正在考虑换工作。"季海滨很含糊地答道。

"那你之前的工作干了多久？"

"十年。"

"十年？"蓝莓蛋糕在乔麦惊讶的注视下被端上桌，"一份干了十年的工作换起来是不是特别困难。"

季海滨用叉子切下蛋糕的一角："我决定换工作很久了，所以，可能没有你想的那么艰难。"

"虽然我一直在打工，但还没有正式工作过。"乔麦说，"和我一起打工的人经常说我的性格进入职场后会吃亏，我太直接也太耐不住性子了。"

"那你认可他们对你的评价吗？"

"完全认可，但这就是我啊！"乔麦用勺子挑拨奶油上的蓝莓果粒，"所以我觉得你很厉害，一份工作能坚持十年，对了，你这份干了十年的工作是什么？"

问题又绕了回来，季海滨觉得这是躲不过去的，便找了个象征性的挡箭牌说："打字员。"

"现在国内还有打字员这样的工作吗？"乔麦吃下那颗蓝莓后问，"你能干十年的打字员，也真是有耐心的。"

乔麦的反应更出乎季海滨的意料，这么假的谎言居然也能蒙混过关。

"那你想换成什么？"

"我想……"季海滨将叉子上的奶油吃干净，"我想做一名编剧。"

"哎？编剧？"

"嗯，其实我已经在做了。"

乔麦很专注地思考着："从打字员变成编剧，你很有勇气。所以你大学时念的专业就是编剧吗？还是文学？"

"不，我大学在念法律。"

"哦——"乔麦像是洞悉了一切，"不会编故事的打字员不是好律师。"

"法律专业是我爸妈替我选的，这可能是我人生中最孝顺的一次了。"

"但你毕竟也学了四年，如果完全从事与法律无关的工作，你不会觉得浪费吗？"

"不会啊，相反，我现在很感谢父母帮我选了法律专业，至少让我认识了一群有意思的人。"季海滨说着喝完了柠檬茶。

"我不喜欢我的大学，地方没意思，人也没意思。"乔麦拿起季海滨的杯子，帮他添了一份可尔必思，"那些人比你还有意思吗？"

"我觉得我是最无聊的那一个……在我的整个大学生涯里，一共住过三间不同的宿舍，第一间是在一座教工楼里，那时候是大一刚开学，现在想想肯定是因为学校扩招，连宿舍楼都来不及盖，所以把我所在的文法系安排进了教工楼。但这没什么不好的，因为只有教工楼里有空调，所以我们是唯一在半个月军训期间里能吹着空调入睡的。"

季海宾接着说，"但军训一结束我们就换了地方，搬进了八人间。"

"八个人住一间屋子？"

"对，四张上下铺，我在这个八人间的202宿舍里住了两年。"季海滨看着窗户上的贴纸，目光有些失焦，"在除我之外的七个人里，最年长的一位名叫'大黄'。"

"大黄？"乔麦听乐了，"怎么像是狗的名字。"

季海滨稍微配合着笑了一下："顾名思义，大黄的特点是又大又黄，入学那年他就已经23岁了。"

"23岁升大一？这都该到毕业的年纪了。"

"没错啊，这家伙高中读过六年，其中复读三次，目睹了高考改革的全程。他第一次高考的分数足够上中等的本一大学，但他自命不凡，彻夜从中国渊久的历史中找励志名言，什么'天将降大任于斯人也''世上没有绝望的处境，只有对处境绝望的人'，一条条横幅挂满墙壁，认为只要自己勤加努力，就一定可以踏入清华、北大，于是带着梦想复读一年，之后信心百倍地参加人生的第二次高考，结果分数出来后发现只达标了本二。这哪儿成啊，另外据说身边一些不像他那样有远大抱负的人嘲笑他黄鼠狼生耗子——一代不如一代，他终究咽不下这口气，决定再复读一年。第三次高考的结果更毁灭人，连本二都上不了，而此时和他同龄的人大二都结束了。他又痛定思痛，决定再来一次，好在老天开眼，让他勉强达标本二，终于能够混迹到我所在的大学。"

"那他是不是特别祥林嫂？"乔麦问。

"他不祥林嫂，真正祥林嫂的是一个被我们称为'生哥'的人。"季海滨说，"所以全宿舍都调侃大黄，但只有生哥不。生哥喜欢摩托车，他一共告诉过我两件事：一是他如何在老家的一次地下摩托车比赛中击败群雄，抱得美人归；二是他的高考是多么可惜，本来他是清华、北大的料，结果却沦落到和我一样的大学。但我从没见过他的美人，后来我问他被你抱回来的美人呢？他说跟第二名跑了。"

"为什么？"乔麦天真地问。

"假如你就是那美人，一个男人特别帅，另一个男人特别有内涵，你选哪个？"季海滨启迪性地问。

"我当然选帅的！"

季海滨直摇头："正确答案是选有钱的那个。"

"所以那生哥是有内涵的？"

季海滨头摇得更猛烈了。

"所以你在你们宿舍里是成绩最好的那个吗？"

"我不知道。"季海滨说，"我只知道成绩最差的是老康，不过历史成绩最好的也是他，考了 146 分。"

"哇——"乔麦惊叹不已。

"然而这已经是他总分的 55% 了。"

"啊哦——"

"老康总是开导大黄，让他别当自己高中读了六年，权当自己大学读了七年。"季海滨说着又想起当年的情形，快要笑岔气，"这叫本硕连读。"

"怎么感觉你们宿舍里的人全都是注定孤独一生的命。"乔麦说。

"那是因为我还没跟你说另一个叫孙健的哥们儿，就是因为他，让宿舍里的其他人失去了追女生的勇气。"季海滨说上了瘾，"其实直到孙健失恋前，我都没怎么跟他说过话。我还记得那天，我跟他坐在生哥最喜欢的白桦林餐厅里，喝了好多最便宜的啤酒。孙健一直喝一直喝，最后把我没有喝完的那半箱也挪到自己脚边，我感觉情形不太对劲儿，就跟他说不能再喝了，结果他扒着我耳朵说在这家店里喝醉了就不收钱。当然，这个事后来孙健一点都不承认，我就在想，早知道就该把他哭成狗的情形拍下来，本来说好喝酒就喝酒，不打算哭的，但就是因为那三个字一说出口孙健就什么都忍不住了。"

"哪三个字？"乔麦兴趣浓厚，"我爱你吗？"

"为什么。"季海滨说，"那三个字就是——为什么。当人试图去为一个根本不会有答案的问题去寻找答案的时候，就注定了痛苦与悲剧。在分手前的那个寒假，孙健还一路骑着车把他女朋友送到了火车站，来回五十多公里。送完之后回到宿舍我们还打趣地问他有没有吻别啊，实在想不到还真吻别了。之后孙健精心打造了一个日程表，具体安排是这样的：早上八点半醒来，磨蹭一会儿，九点开始起床，九点半做好出门前的必要准备，然后去吃早饭，十点到达教室上课，上到十二点左右结束，然后吃午饭，一点之前上床午休，睡到三点起床，起床后去操场踢球，踢到五点多回宿舍洗澡，洗完澡去中区散步。发展到这时候我和孙健产生了分歧，他主张先去桌球室打桌球，而我认为六点的这个时段是校园里一天当中美女最集中的时段，我们不能把这么宝贵的时间浪费在桌球室里那帮大老爷们身上。但孙健的意思是他现在只求耳根清净，说在这个时段去打桌球就是为了避开美女，不然你满眼都是漂亮姑娘，很难抑制冲动的。我觉得孙健说的也不是没有道理，更可怕的是，我们的视线不可能像鹰眼那样时刻对焦在美女身上，总归会产生偏差，往往在看美女的同时也会瞥见美女身旁站着的丑男，而那些男人则紧紧地搂着美女，朝像我和孙健这样没有美女傍身的男人露出万般挑衅的目光。我们拿这样的男人没有丝毫办法，除非你去把他的女朋友给抢过来。"

"物化女性。"乔麦嘟着嘴说。

季海滨觉得自己快要言多必失了："那你呢？你一个人来日本那么久，不会是个没有故事的女同学吧？"

饮品店的自动感应门又开了，一对恋人相互依偎着走到季海滨和乔麦斜对面的空位上，用只有恋人们自己才能听清的细语轻声交谈。

乔麦扭头看了他们一眼，迅速回过来问季海滨："你有女朋友了吗？"

季海滨不置可否，脑海里闪过一个名字。他一口喝光了杯里的饮料，然后定定地注视着空杯子。与此同时，那个名字也随之消失不见。

乔麦循着季海滨的视线，看向空空如也的玻璃杯，以为这就是他的回答，又问道："你不问问我吗？"

"问你有没有结婚还是有没有男朋友？我不想问，因为我觉得这不重要。"季海滨站起身，拿起自己和乔麦的杯子，"你想再喝点什么？我去取。"

"我在日本待久了之后就发现，其实一个人很好。"乔麦喝着季海滨取回来的果汁说。

季海滨无比肯定："当然，一个人是最自由、最健康的状态。"

"但很多人不这么觉得，他们认为人到了一定岁数就得恋爱结婚什么的。"

"那是国内的思维吧，你都来日本了，难道还有这样的烦恼？"

"这不是烦恼，这是一件经常会被提及的事。"乔麦说，"虽然我在日本，但我无法断开和过去的一切联系。"

"为什么不可以？"季海滨随性地说道。

乔麦像是忍住不笑一样："如何断开？"

"当然，我说的断开不是真的消失不见，而是你可以选择不去关心那些胡言乱语，既然你已经选择在这里了，那就可以尝试将过去那些人对自己的伤害降到最低。"这句话好像也是对他自己说的。

"你说的好像自己很擅长干这种事。"乔麦说，"还记得上次分别前我说的话吗？我觉得你不是一个单纯来旅游的人，你说你要去当一个编剧，所以你是来这儿采风的？找灵感的？"

"不不不，完全不，我没你想的那么体验派。"季海滨很担心话题会落入讨论剧本创作这样的陷阱里，"你觉得我很擅长规避他人带来的伤害，那是因为我正在努力学习给自己的人生做减法。"

"嗯哼。"乔麦跟上季海滨的节奏，"所以你的意思是，你之前的人生过于丰满了？"

"不是丰满，是感觉被困住了。"季海滨将最后那点蛋糕一分为二，"我不知道该用什么方法解脱出来，所以只能先尝试着去做减法，去掉一些我觉得没有意义的人和事，希望通过这样的方法让眼前的障碍少一点，或许能帮自己看清真正想要的东西和前方的路。"

乔麦听得有些入神："你知道吗，比起编剧，我更觉得你适合当一个鸡汤段子手。"

"所以我才说一个人是最自由、最健康的状态。"

"但我其实很想有个小孩。"乔麦说，"你估计很难明白这种感觉吧，又想一个人，又想有个小孩。"

"我不知道该怎么回答。"季海滨说，"你是个喜欢小孩的人？"

"对啊！"乔麦说起她上一次回国参加闺密婚礼时的情形，全桌就她一个还没结婚，所以整场婚礼她都是众矢之的，尤其当她和一个同龄人的孩子玩得不亦乐乎时，大家都调侃她怎么不自己生一个呢！"说得好像生孩子是我一个人能完成的事一样。"

"我不知道说这样的话是否合时宜。"季海滨试探道，当他从乔麦的眼神中得到许可的回复后接着说，"你可以去精子库看看。"

"我确实想过这个问题。"乔麦毫不避讳这个方案，"我想我很可能会选择这样的方法。你觉得没问题对吗？"

虽然氛围有些诡异，但季海滨还是点了头："当然没问题，你是一个自由而独立的个体，当然有权利选择任何一种生活方式，只要你能够对自己接下来的人生负责就行。"

"像你这样的人不多。"乔麦说，"所以你给人生做减法这件事也包括不要小孩？"

"还不是时候。"季海滨看向窗外，虽然他很肯定在那些已经讨论过的问题里自己和乔麦能够达成共识的点很多，但还是把另一个相对偏激的观点咽下去了——如果说女人生一个孩子是因为好奇或者因为作为母亲的天性，那么愿意生第二个孩子的女人简直就是魔鬼。

这个观点季海滨曾经向许晨曦表达过，但就在他表达完之后，许晨曦告诉他，自己怀上二胎了。那一刻季海滨觉得面前这个自己认识了十几年的女人特别虚伪，一边连续不断地埋怨孩子如何葬送了她的生活，一边转眼又怀孕了。

"在你眼里，我是一个什么样的人？"乔麦突然问道。

"你独立、坚强，有自己的想法和判断，我觉得很了不起。"

乔麦被夸得不好意思，这时手机屏幕亮了一下，她快速地回复完一条信息："是我姐，她问我……天哪！已经 12 点半了！你还有车回去吗？"

浦安站的进站闸机都已关闭，工作人员开始清场。

"糟糕了，你回不去了。"乔麦急得左看右看，"我应该看着点时间的。"

"没事啊，我可以打车回去的。"季海滨不觉得这是多么麻烦的事，"再说也不怪你，我自己也说了好多……我也不知道为什么说那么多。"

"你住在日暮里不是吗？"乔麦说，"很远的，打车估计要一两万，可能还不止。"

"真的没事，你不用管我，我总归有办法回去的。"

乔麦显然很不放心，她看着正在等客的出租车，又看了看旁边亮着灯的麦当劳，一狠心，对季海滨说："要不你去我家打地铺吧！"

从浦安站到乔麦的小公寓大概一公里多，午夜的大街上空荡荡，之前热闹非凡的居酒屋也没了人气。乔麦在停车场取了她那辆骑了三年的自行车，一路陪季海滨推行。

"你确定吗，让我去你家打地铺？"沿途经过 7—11 便利店，季海滨去买了毛巾和牙刷，结完账后他又问了一遍乔麦。

"没事……"乔麦似乎也没什么底气，她稍有狐疑地问季海滨，"应该没事吧？"

"我的意思是，如果你觉得还是不怎么方便的话，不用勉强的。"

"只是一晚而已，没有不方便。"

虽然一路上都没怎么说话，但季海滨却不觉得漫长。结账的时候他看过手机，马费的信息和电话提醒已经霸屏了，他没作回复，把手机调成了静音。

"到了，我就住这儿。"乔麦带着季海滨离开主路，走进一片住宅区。

"所以这是哪里？"

"海乐。"乔麦说，"海乐一丁目。"

纵然看过许多描述日本年轻人居住环境有多么恶劣的纪录片，也知道在收纳艺术的熏陶下他们对于有限居住面积的利用率达到令人发指的地步，但乔麦的公寓还是小到让季海滨大开眼界。

进门处有一块半平方米大小的玄关，堆着几双配色不同但样式统一的帆布鞋，旁边放着洗衣机，紧接着就是卫生间，对面是灶台和水池，再往里走就算是客厅了，冰箱、小桌、收纳柜、衣架沿着墙面排开，没有床，乔麦住在用木梯才能爬上去的"二楼"——这就是她口中的 loft。

"你知道在日本，房子的面积是用'帖'来度量的吧？这里估计只有七八帖，今晚得委屈你了。"乔麦收拾好地铺，丢了双塑料拖鞋给洗完澡的季海滨，"刚刚我听到'哐当'一声，是不是浴帘掉下来了？"

"嗯，但我已经装好了，吸盘有点滑，稍微有点力就扯下来了。"

"没事，我本来想说掉下来就放那儿，不用管。"乔麦从"二楼"拿下来一个枕头，"你想头朝阳台还是大门？"

"我没什么要求，都可以。"

"那你自己弄吧，我不管你了。"

乔麦在洗澡前告诉季海滨他可以先睡，但季海滨想象了一番那样的情形，作为一名被收留者，主人在洗澡，自己在客厅里呼呼大睡，这也太不把自己当外人了。

浴室里的水流声渐渐弱下去，季海滨靠着墙坐在单薄的被褥里，顺手从书柜里取出一本完全看不懂的日文书胡乱地翻。

乔麦从洗手间里出来，发现季海滨还醒着，下意识地收紧了睡衣，接着在角落的梳妆台那儿用五分钟不到的时间吹干了头发，刺溜地爬了上去。

外面偶尔有摩托车经过，引擎的轰鸣撕开社区宁静的疤口。地板确实硬得够呛，季海滨侧躺着，尽量用自己赘肉最多的部位和地板接触，他能听见挂钟走动和乔麦在二楼呼吸的声音，这令他想起和许晨曦在北京时的状况；当然，许晨曦的家比乔麦的大很多，而且许晨曦从来没有让季海滨打地铺。

"就当自己家一样。"许晨曦说，"我一直叫你来我这儿看看，因为我总觉得这里应该有属于你的一份。"

那是季海滨唯一一次在许晨曦家过夜，他能够听懂女主人对自己的挑逗，事实上，这在许晨曦对季海滨的挑逗史上根本排不上号。

季海滨盯着墙上的结婚照看了很久，面池上有男士洗面奶和剃须膏，淋浴间里有阿迪达斯的运动型沐浴露，阳台上有还没来得及收回的 43 码皮鞋，卧室床头柜里有许晨曦描述过的某种类型的安全套，总之，这个屋子里的一半物品都在向季海滨宣誓着令人胆寒的主权。

"你睡着了吗？"乔麦问。

"没。"

"已经一点多了你还不睡，是因为地板太硬睡不着吗？"

"不是……嗯，是有点硬，但不是……不是因为这个睡不着。"

"你在想什么？"乔麦从二楼的护栏里探出头。

"没有刻意去想什么，可能当人睡在一个陌生的地方时，就会不自觉地去想一些熟悉的过去吧！"

"所以你想到了什么熟悉的过去？"

季海滨在黑暗中看着乔麦脸部的轮廓："我不想告诉你。"

"错过的恋情？"乔麦完全没管季海滨的态度。

"谈不上。"

"暗恋？"

"也不是。"

"真会玩。"乔麦退了回去，"你口口声声说给自己的人生做减法，看来执行力也很一般。"

"有些人不一样。"季海滨说，"可能认识太久了吧！"

"认识得久又如何？"乔麦不屑一顾似的，"谁没几个认识久的人呢！"

季海滨的手机亮了一下，还是马费的信息，前半段把季海滨咒骂了一顿，说他重色轻友，后半段告诉他明天一起回国，他们需要和制片人把这个故事聊透。

"你会在这里待多久？"乔麦问。

季海滨放下手机并反扣："刚收到我朋友的消息，明天就得回去。"

房间里沉寂了一会儿，季海滨问："你呢？还要读多久的书？"

"今年是我大学的最后一年了。"乔麦答道。

"你会留在这里对吗？那天我听你在电话里说……好像你根本不愿回国。"

乔麦笑出声来："那天聊的不是这件事。"

季海滨听出在这个问题上乔麦不愿多聊，便学乖了不去多问。之后强大的困意袭来，他在半梦半醒间失去了意识，身下的硬地板像极了童年时代那张没有席梦思的老床，在遥远记忆的包裹下，季海滨感到分外温暖。

等他再次有了意识，窗外已经阳光普照，天空透明而清蓝，耳边"咕噜、咕噜"地冒着沸腾声，整个小屋里弥漫着米香味。

季海滨从侧睡姿态回正身体，一双大腿亮在头顶上，倦意全无，"嗖"地坐起来，看见乔麦正在用黄油煎面包，旁边的电磁炉里还煮着粥。

"你在干吗？"季海滨问了句废话，接着打开手机，一看时间刚过六点，而昨晚至少三点才睡。

"做早饭啊，粥快好了。"乔麦说，"刚煎好了一片面包，但是煳了，我重新给你做一份。"

"我就吃那煳的，没事。"

听季海滨这么说，乔麦把垃圾桶拿到他面前，里面仿佛有一团煤："真的吃？"

"算了算了。"季海滨收回大话，"你没睡吗？"

"睡啦！你都打呼噜了，我以为吵不醒你。"

"是吗？"季海滨略感尴尬，"我很少打呼的。"

"可能是昨天睡太晚累了吧，没事，你打呼的声音很小。"乔麦将粥盛进两只碗里，"我再煎两片吐司，你想吃鸡蛋吗？"

季海滨赶紧起床想要帮忙，无奈这厨房空间实在太小，他一加入反而令乔麦施展不开手脚，干脆又坐了回去，像是自告奋勇替补上场的运动员还没出汗就领了红牌。

十分钟后，粥、面包、鸡蛋和一盘半生半熟的素菜沙拉都齐了，乔麦让季海滨先吃，她开始在镜子前化妆，一会儿还要去学校，第一节是必修课。

季海滨吃着早餐，看见成堆的衣服下压着一把吉他："你还会弹吉他？"

"不会，这是别人放在我这儿的，本来想学，但一直没耐下性子。"

"那你平时都怎么打发时间？"季海滨问，"不会都是靠约会吧。"

乔麦通过镜子看身后的季海滨："之前我有读小说，是一个朋友推荐的网络小说，书名我不记得了，但我记得那作者好像叫'三少爷'。"

虽然说不想再写网络小说，但听到这四个字，季海滨还是像闻到骨头香味的家犬一样，毕竟是陪伴了自己十年的吃饭的家伙。

"是'七少爷'吧？"他纠正道。

"管他几少爷呢！"乔麦一丝不苟地修着眉毛。

"我也……看过他写的小说。"季海滨说，"你觉得这小说不好吗？在网上可是很火呢！越是在现实中遭遇挫折和打击的人就越喜欢在小说里找快感，所以网络小说和网络游戏没有区别，都是给现实中的失败者提供一个精神疗伤地。"

"你觉得这小说有疗伤作用？"

"难道没有吗？用穿越的方式将读者带入到明朝末期，当一个偏安一隅、不理朝政的皇家公子哥，整天就是和一帮被自己养着的舞女、词人寻欢作乐，好不快活，哪管家国存亡，试问，这样的人生谁不想要？"

"虽然我没有把小说读完，但我觉得你说得不对，你看到的只是作者表达出的浅层意思。"乔麦转过身来，"当然，你说得也对，主人公原本就是一个生活在大城市里的草根，结果穿越回去发现自己成了皇 N 代，一下子化身为梦寐以求的纨绔子弟，于是整天无所事事，但接下来呢，他是如何使用这至高无上的身份的呢？他去了欧洲，去拜访文艺复兴时期的先贤们，去学习、体验并且记录下了人类历史上最宝贵的一段。所以，挥金如土、游手好闲只是作者借主人公自嘲，抒发自己对现实社会的不满，而那种浮华的生活也只是对一般读者的迎合。事实上，他是一个极具浪漫精神的骑士，他想逃，却在现实中无路可逃，所以才构建出这样的故事，让主人公能够策马奔腾，而且他用情专一，纵然人世间百媚千红，也只爱世间的那份唯一。"

这是季海滨认识乔麦以来她一口气说得最多的一次，季海滨从没想过有谁能把自己写的破烂货分析得这般高大上："如果'七少爷'听到你这么高格的褒奖，一定开心死了。"

"可别捧杀我，记得把那沙拉也吃了，我弄得很辛苦。"乔麦说着打开洗衣机，往里面倒了点洗衣液："本来昨天要洗的，但回来得太晚了。"

"这点噪声不影响我的睡眠。"季海滨嚼着无味的菜叶说。

"我是怕影响隔壁邻居。"乔麦按下"启动"键，洗衣机"轰隆、轰隆"地工作起来。

出门时乔麦拿了把伞给季海滨，虽然此刻阳光普照，但她坚持如此，说最近东京周边天气变得特别快。

季海滨把伞挂在手腕上，跟着乔麦推车走到路口，他要往北去公交站，乔麦则是往南越过天桥去学校。两人在分别时突然不知该说什么，季海滨酝酿了好久吐出一句"谢谢你"。

"快走吧，你还要赶飞机。"乔麦说，"我也得去学校了，不然又得迟到，一线课的老师没那么好说话，一学期迟到三次就没考试资格了。"

季海滨看着乔麦骑上车，乔麦坐稳后回过头，对季海滨笑笑，示意他别拖沓了。

"你还记得我们第一次见面时，是第二次……也就是上一次啦，在涩谷没有说完的那个问题吗？"季海滨问。

"我们有好多问题没有说完，你指哪个？"阳光正对乔麦的脸，她从包里取出一副墨镜，但一直没戴上。

"也许男生和女生不一样，但是……我不是那种可以在居酒屋里随便搭讪一个女服务生然后就……就怎么样的人。"

"你没有搭讪我啊！"乔麦说，"我们是在日本桥那儿偶遇的，不是吗？"

"但是……但是我去了你工作的居酒屋。"季海滨说，"我告诉过你。"

"然后呢？"

"我想认识你，但又不想无聊地去问那些你可能已经回答过很多遍的问题，所以……"

"我想起来了，这个话题确实没有结束。"乔麦说，"你没有告诉我为什么你会这么想。"

"我没有像这样唐突地去一个陌生的地方找过谁，更别说对方是一个女生了。"

乔麦笑了笑："我也没有答应过任何一个只偶遇了一面的人的

邀约，没有和哪个男生一起在东京闲逛到末班车快要结束，更没有把任何人带回家里来，不论男女，除了我姐。所以我明白你的意思，不论你问什么问题，我应该都没有回答过很多遍。"

公交站并不远，两三步就到，季海滨又朝乔麦远去的方向看，乔麦站在脚踏上，使劲儿蹬了几下，冲上天桥，季海滨觉得很快乐。

登上天桥的乔麦停在那儿，侧过身回头看季海滨，一个在桥上一个在路面，两人相距近百米。季海滨的视力本就不佳，早已看不清乔麦的面容，只能看见她正回望着自己，而脑海里荡漾着乔麦的声音：他是一个极具浪漫精神的骑士，他想逃，却在现实中无路可逃……

两人在原地杵着，季海滨心里闪过一道邪念，却深知这邪念见不得光。很快，巴士在站里停稳，乔麦朝他使劲儿挥手；季海滨头一沉，钻进车厢。

"讲实话，昨晚干什么去了？"马费只收拾了一个背包的行李，他决定以闪电战的方式迅速拿下制片人并敲定了故事方向，然后再回日本创作。

"那晚在居酒屋里给我们上啤酒的那个女服务生。"季海滨说，"我昨天去见她了。"

"只是见面？"

"聊得太晚，没车回来，我就去她家打地铺了。"季海滨尽量让自己的语气平稳。

马费一下子趴在地上："是这样打地铺吗？就只是打地铺？"

"她还为我做了早餐。"

"那就是 Bed and Breakfast 咯？"

季海滨觉得这个说法太贴切了。

"真想不到你的桃花运在这个时候来。"马费说，"快去收拾一下你自己的行李。"

"没你想的那么复杂，真的就只是因为错过了末班车，人家好心收留我一晚而已。"季海滨解释道，"我不用收拾，上海的家里有换洗的衣服。"

马费订了四个小时后从成田飞往上海的航班，若不是要回来拿护照，季海滨完全可以从浦安去机场。至于杜安宁，她很尴尬地无处可去，赖在日本看家护院。

电车往东一路飞驰，季海滨的身体随着车厢轻微晃动，看着手中握着的伞，他犹豫要不要向乔麦报个平安，或者分享一下即时位置，这个时候差不多是午饭时间，应该不会打扰乔麦上课；但转念一想，又觉得这种做法很古怪，主动向他人汇报行程是一个很暧昧的举动，尤其在相识初期，许多老夫老妻还巴不得对方不知道自己在哪儿才好呢！

当季海滨在意念中左右互搏时，手机"叮当"一响，收到了乔麦的信息，问回国之后他们还能不能联系。季海滨想起他们相互凝望的场景，不太明白乔麦如此小心翼翼的意图，但依然如实回复道：当然可以。

第四章

入关口排起了像贪吃蛇一样的长队，五分钟前进不到五米，可见是一条吃饱了撑着的蛇。

马费毫不在乎，手机玩得飞起。

季海滨看到和他聊天的是一个备注名为"CA930"的女人，这串英文加数字的组合看上去异常熟悉："又是哪个落套的姑娘？"

马费头也不抬："暂时还不知道名字。"

"那'CA930'是什么意思？"

"这就是我们刚刚坐的飞机的航班号呀！"马费将插在护照里的登机牌甩给季海滨，"我加了上面的一个空姐。"

季海滨被秀得一愣一愣的，想起自己的手机还处在飞行模式。但在打开信号前又惆怅起来，对比马费的火热，他担心在过去的这几个小时里没一个人联系自己，那么打开信号的举动就显得很没意义，还不如一直关着多自欺欺人一会儿。

　　过了海关，眼看就要轮到他们上出租车，马费突然说自己先不回去了，看着他那急吼吼的样子，季海滨提醒他最近新闻里一直说酒店安装摄像头什么的务必小心一点别爆出什么不雅视频来。

　　一个小时后，季海滨到家，为了支付车费连上信号，结果扣款信息和乔麦的信息同时蹦了出来，先是问季海滨有没有安全着陆，眼看没回复又连拨了两个语音通话。

　　季海滨为不自信懊恼，但又不好意思流露出内心所想，只能表示抱歉，说早已安全着陆，只是忘了打开网络信号，所以没能及时回复。

　　这样的谎话肯定是不及格的，因为在这个年代什么都能忘但是不可能忘打开手机的网络信号；不过所谓成功的谎言，能欺骗的都是信任你的人，否则就算说了真话也会被怀疑，而信任你的人又不该被谎言所对待——可怜至极。

　　不久，乔麦回了个"哦"。

　　"哦"字可真是网络聊天中攻防兼备的利器，既能以言简意赅的冷漠刺得对方肝儿疼，又能以不想废话的回避令对方无从还击，其效果不输给"呵呵"。

　　季海滨心虚，觉得一定是刚刚的回复太草率，哪怕撒谎也得撒一个可信度高的呀，接着想了好久也没想到补救方式，一条信息在半个钟头内写了又删、删了又写，竟然消耗掉 15% 的电量。

　　就在他被一种"书到用时方恨少"的凄凉感笼罩住时，乔麦又发来信息，说自己正在打工，比较忙，没法说太多，不好意思。被骗的人居然对撒谎的人说不好意思，这条信息真像足球比赛中补时阶段获得的点球，一下子燃起季海滨不服输的精神。

点球虽然有了，但能否罚进可不一定，季海滨汲取之前的教训，冷静回复道："上完课就打工，辛苦辛苦，该不好意思的是我，等你有空了再聊。"

输入完成后又反复读了几遍，深感这条信息有水平："上完课就打工"，这表示自己还惦记着乔麦上午一早就去学校的事；后面连着的两个"辛苦"比一个听起来更诚恳，就像"哦哦"比"哦"温情多了；接着针对乔麦的"不好意思"再次表态自己没能及时回复才是真该抱歉的事，而且还凸显出男人敢于认错的承担感；最后"等你有空了再聊"则延续了两人的关系。可见，这短短二十几个字没一个字是废的，精练程度高过季海滨小说和剧本里的所有台词。

果然，一分耕耘一分收获，看着乔麦回过来的笑脸表情，季海滨觉得算是把点球罚进了。

"不管选择在哪儿治疗，最好都尽快确定下来，这样对你自己比较好一点。"主治医生将 CT 片塞回袋子里还给马费。

"我还有多少时间？"

"这个说不定的，每个人都不一样，如果治疗效果好……"

"你就说最多还能活多久吧！"马费摆出一副无畏的样子。

医生看着马费，这种"大义凛然"他也不是头一回见了："最多半年。"

马费顿时捂住脸，用力搓了搓："时间有点少啊，大哥。"

季海滨用四个小时看完了导演剪辑版的《亚历山大大帝》，已是晚上十一点，还没见着乔麦的新信息，有点耐不住，觉得作为男生是不是该主动一点，但又怕乔麦误会自己像马费一般饥渴，说好等闲了再聊，就应该等双方都闲了才对，只是不知道这句话是不是跟"有空一起吃饭"雷同，都只是结束聊天的托词。

洗澡的过程中隐约听到有信息声，但只响了一下，季海滨不确定，但本着宁可信其有不可信其无的宗旨，他裹着浴巾冲进卧室，发现只是一条打折机票的旅游广告。

没有收到有用信息的手机就像古时没有送来战场捷报的信差，随时有被斩首的可能。季海滨失落地将手机扔回床上，可见果然情场如战场。

手机翻滚了两圈，发出"叮咚"声，像在竭力自救。季海滨扑向还有话要说的"信差"，看到的是萧晓告诉他下周回上海的消息。他和萧晓在一起了十几年，在旁人看来，妥妥的是一对夫妻，但其实两人并没有登记领证。

一周前萧晓回老家参加某个闺密女儿的五岁生日宴，结束后说要考察考察家乡的投资环境。季海滨懒得问具体是下周几，萧晓也没有再多说，他关了灯打算结束这一天的奔波与等待，刚给手机充上电"捷报"就来了，乔麦在信息里告诉季海滨自己刚下班回到家。

季海滨算了一下时差，东京已快两点了。就中国的经验来说，正当职业这时候下班太晚，不正当职业这时候下班又太早。

乔麦仿佛能听到季海滨远在另一个时区里的心声，紧接着补充说明自己换了一家居酒屋打工，今天一直忙到关店，所以晚了，又问季海滨有没有睡。

此前飘忽不定的猜忌心全无，哪怕证明不了乔麦所说的真伪，但这不重要，一个本没有义务向你多做解释的人给的任何理由都是值得相信的。季海滨回复说还没有睡，但又不能如实说自己是在等她，一开始想说正好刚洗完澡，但又怕这种过于巧合的现象反而听起来很假，只好把更早之前做的事挪到现在来用，说自己刚看完电影——看电影明显比洗澡高级很多。接着谋划该如何将话题延续下去，那边却又发来一条极其寒冷的信息："我先去洗澡。"

季海滨没能等到乔麦洗完澡，当半个钟头后乔麦的信息再次出现时，他已经呼呼大睡了，梦中回到昨晚那间还不如现在卧室大的小屋里，但感觉分外踏实，仿佛那里什么都有。

第二天一早，季海滨醒来就觉得浑身酸疼，料想一定是因为床垫软得没有支撑感，顿时更加怀念乔麦家的地铺，不想在这床上多躺一分钟，便拿起手机下了床，看到乔麦洗完澡后发来的信息，又问他是不是已经睡了，所有的聊天就终结于此。

看着这条六个小时前收到的信息，季海滨决定晚点再回复，免得手机铃声吵醒乔麦。

接下来的一周，两人信息往来不断，乔麦礼貌得近乎过分，尽管季海滨不止一次地告诉她不用每次都问"是不是在忙"或者"有没有打扰到你"之类的，然而乔麦还是死不悔改地谨慎。

这种谨慎传染给了季海滨，他也渐渐掌握了乔麦上学、打工、吃饭、回家的行程表，掐着时间聊天。在萧晓回家的前一天，乔麦突然问季海滨：你回国要办的事情办妥了吗？

当人接受绝望的事实后通常会有两种极端的表现，一是尽情地放纵；二是悄悄地躲避，这两个表现马费都尝试了。

然而面对新的"猎物"时，一想到自己随时可能嗝儿屁就顿时性趣全无；同样，当他选择一个人在家静静等死时，因为实在无聊就看起了电影，结果电影情节令他感同身受，更加伤心。

也有人会选择第三种尝试，反正要死了，干脆做点自己曾经不敢做的事。但马费发现，以前不敢做的事即便快死了也依旧不敢做。而这个问题又让他重新思考医生的话，究竟还有什么未了的心愿？不知道从什么时候开始，他就已经活成了濒死的状态，即便未来还能再活五十年，那也不过是将同一天过上一万八千多遍。

专家和学者们在电视采访中高谈大数据时代人们的隐私无处遁形，而马费则在反复挣扎的时光里切身体会到了这种担心，他的手机里不断跳出来自丧葬、墓地、遗产和国外药品代购之类的推送。身边人还不知道，但外人却都门儿清了，一种虚假而荒唐的被需要感笼罩住了马费。

在眼花缭乱的推送中，马费精准地发现了一条来自"临终关怀俱乐部"的消息，他点开其中的链接跳转至这家俱乐部的主页，没想到留言者众多，不少身患绝症的人现身说法，他们在放弃治疗后就抱着死马当作活马医的态度去了这家俱乐部，于是，一群将死之人相互鼓励、相互陪伴，竟然创造了不少痊愈的奇迹。

临终关怀俱乐部？马费在心中默读着，听起来就像是恐怖片里的场景，打死我也不会去的！

卧室朝东的窗户没有拉上窗帘，亮光逐渐在玻璃上泛滥开，马费的眼睛一直睁着，慢慢能看清空中的云。

打死我也不会去的……他又默念了一遍，转个身不去看窗外，但是……就算不打死我，我也活不了太久了，不是吗？他一跃而起，下了床。

跟着导航开车前往南边的市郊，马费在这座城市也生活了好几年，但从来没有走到过这里。正常人应该都不会特意跑来这里吧？他将车开进俱乐部的大门，在停车场里熄灭了引擎，解开安全带。

从这里基本上就能看到整座俱乐部，造型倒也没什么特别，有点像老式的剧场，但是十分干净，一片白色。

马费穿行在走廊中，一路看着左手边的草地，那些面容枯瘦的老人们几乎都丧失了行动能力，在医护人员的陪伴下或是坐在长椅上，或是坐在轮椅上，蝴蝶在他们之间飞来飞去，偶尔停落在谁的肩头。显然，他是这儿最年轻的那个。

"先生，有什么可以帮助您的吗？"

马费转向右边，看见一个穿着便装的清秀女生在笑着跟自己说话。

"嗯……"马费有点没转换过来角色，身为一名资深策划，平时都是他向别人推销"产品"，现在自己变成了买家，而且这样的产品之前实在没接触过，"有价目表吗？"

清秀女生一脸哭笑不得："这儿看起来不像是做 SPA 的地方吧？"

马费只能用哈哈的笑声掩盖尴尬。

"我知道了，你是帮亲人来咨询的对吗？"清秀女生问。

马费看了看周围宁静的氛围，似点非点地动了动头部："你是这儿的工作人员？"

"对啊，不像吗？"

"你们没有工作装什么的吗？"

"没有，在这种地方，我们要尽一切可能不要让需要帮助的人感觉自己被特殊对待，不要给他们任何暗示，这里不是医院，是他们走过人生最后一程的桥梁。"

马费感觉自己被打动了，如果这里不是消费生命的地方该多好："你口才真好，很适合这个工作。"

女生看向那些迟暮的老人："这句话在这里可不会被当作夸奖。"

马费被反撩了一下，不知道该怎么继续话题。

女生从口袋里取出一张名片交给马费："要不，你先自己转转，有任何问题都可以联系我。"

马费走到一把空着的长椅上坐下，难道就这样把剩下的生命交给这儿？虽然那个姑娘看起来不错，但现在不是想这种事的时候吧！

"年轻人，你不该在这里。"一个头发花白的老人不知什么时候坐到了马费旁边。

马费有点纳闷儿："您在跟我说话？"

老人笑了笑："这里还有第二个年轻人吗？"

马费也被逗笑了。

"你还有时间，你不像我们。"老人继续说道，"至少把该做的事做完后再回这里。"

"这话什么意思？"

"如果我在你这样的年纪，不论遭遇什么，都不会来这里。你还有时间，应该把终点变成起点。"

"可能我的生命没你想的那么精彩，可能我也没什么该做的事要去做了。"

老人望着前方一棵高大的树："就算生命再短暂，也有做过伤害他人的事吧，难道不该在离开这个世界前去道歉吗？"

"道歉？"马费不解地看着老人，"你有去道歉吗？"

老人摇摇头。

"那你还说我。"

"我想去道歉的人，都已经不在了。"老人的目光从未离开过那棵高大的树，"连最后一个人，都不在了。"

"朱先生，该休息喽。"一个男员工从台阶上下来，试图搀扶一下老人，但老人摆摆手，自己一步一步地走回楼里。

看着老人离去的身影，男员工对马费说："他最近有点不清楚了，说了什么你别放在心上。"

马费笑了笑，看着草地中央的那棵树，斟酌老人的告诫。如果说活着的时候尚且还有什么脸面上的顾虑，那现在都快死了，是不是……

　　得益于乔麦的询问，季海滨想起这次回国的"正事"，自从机场分别后马费就没再联系过自己，这太稀奇了。

　　他给马费打了电话，询问那个故事的进展，可马费在沉默。挂了电话后季海滨反应过来，这好像是自己第一次主动联系马费，他们认识两年多，每次都是马费来骚扰他，告诉他又约了个什么样的新姑娘，哪部电影特别值得看，或者有了一个什么样的新想法。

　　"这又不是第一次了，不至于这么消沉吧！"季海滨宽慰道，"也许换一个人会感兴趣呢，或者，我们再想点别的内容。"

　　"你怕死吗？"马费问。

　　"死？"

　　季海滨绝非不怕死的人，相反，他最恐惧的就是死亡，死亡的概念在他幼年的某个时刻悄然树立，应该就是在一个静谧而深邃的夜晚，小海滨看着夜空中闪烁的点点星光，可能是因为周围有老人去世，可能是因为在影视剧里看到了什么，也可能是因为街坊的某句咒骂，总之，在他入睡前，"死亡"这个词根植进了脑海，于是，他发散思维，想着人死了之后会去哪儿。

　　当然，那个时候的季海滨是不可能想明白这个问题的，事实上，现在的他也不行，当死亡从生理层面上升到哲学层面后，甚至还不如年幼的自己想得透彻。

　　"我当然怕死了。"季海滨如实回答，"干吗突然这么问？"

"可能是我太看重这部作品了。"马费说，"万一哪天我突然不行了，你一定要把这部作品完成。"

"你指哪部？"

"嗯——随便哪个吧，只要是我们聊的那些东西。"马费说，"记得给我一个署名。"

"你什么时候变得这么功利了？"

"我们为什么创作？"马费问，"你为什么选择一起创作电影剧本而不是继续写网络小说，这一切是为了生前的享乐吗？至少不全都是吧，更多的是为了死后能有一个令人怀念的承载物对吧？"

"嗯——可能我只是因为喜欢，所以才做了这个选择。"

"我也喜欢啊！"

"所以，死后的事，我现在还没想过。"

"你应该想想了。"

结束完这通诡异的对谈后，萧晓发来信息，告诉季海滨她已经到上海站了，很快回家。

家中弹尽粮绝，季海滨把所有过期的食物全都丢进垃圾桶，结果就清空了冰箱，想问萧晓要不先找个地方吃完午饭再回家，但信息还没编辑完整，乔麦的信息就闪了出来："你下次什么时候来东京？"季海滨不知道该如何回复。

"你的剧本'顺利'写完了？"萧晓将菜单还给服务员，拆开两套餐具，话里有话地在"顺利"二字上加了重音。

川菜馆里锅气十足、红光满天，在日本吃惯清淡食物的季海滨被躲不掉的麻辣味熏得淌眼泪。

"还没，准确地说，还没开始写。"他用湿纸巾擦拭眼角。

"那你这段时间去东京都干了些什么？"

服务员在桌上放了一只漏斗，这是餐厅证明高效的营销手段，在沙子漏光前还没有上齐的菜品将免费提供。

"什么都没干，休息。"

"我接到了主编的电话，他说你还没有签新的合同。"

"他什么时候有了你的电话号码？"

"上次聚餐的时候我留给他的，那个时候你好像就决定不继续写下去了，他希望我能劝服你。"

"你怎么说？"

"我说，季海滨是什么样的人你又不是不知道，再说，他有权利选择究竟创作些什么，而且他已经找到了方向，就这一点来说，我替他感到高兴。"

"所以你赞同我的做法？"

第一道菜上桌，竟然是盘炒饭。

"你们这里都是先上主食的吗？"季海滨问传菜员。

传菜员戴着口罩，用指甲将小票上的炒饭划去。

"当然，我一直都赞同你的做法不是吗？"萧晓将炒饭分到两只小碗中。

"你能理解当然最好。"季海滨接过装满炒饭的碗。

"但有个问题我想你应该知道。"萧晓说,"我这次回去发现一件事。"

盛着炒饭的勺子停在嘴边,季海滨等对方继续说下去。

"我发现,我们和留在老家的人之间的差距越来越小了。留在老家的那些同学,谁家里没有三四套房,几年前我们把他们甩得很远,但最近不是了。"

"所以呢……"季海滨不太明白对方的意思。

"你没有危机感吗?没有紧迫感吗?"萧晓问,"我们的优势渐渐没有了。"

"我们的优势……你能说具体点吗?"

"我们为什么要从老家来到上海这样的城市里,因为我们不想过千篇一律的生活,不想一辈子待在出生的地方,对吧,而且我们自信有能力在这座城市中立足,我们也算是做到了,但为什么这种差距在缩小呢?"萧晓情绪愈发激动起来,"为什么我发现那些留在老家的人看上去过得比我们还好呢?"

"他们过得好……有什么问题吗?"季海滨依旧没有明白萧晓的诉求点。

"问题就是,我们的拼搏贬值了,我们艰苦付出的回报率降低了,我们再这么发展下去可能就要落后了。"

"你是不是受什么刺激了?"季海滨问。

"你在浪费你的时间,你明白吗?"萧晓说,"所有人都喜欢你写的小说,你为什么不写下去,那么丰厚的报酬,你为什么不要?"

传菜员战战兢兢地将菜上齐，收走了沙漏。

"所有人都喜欢我写的小说……"季海滨默念着，"那你喜欢吗？"

萧晓不加犹豫地说："当然喜欢。"

"是吗，那你最喜欢哪一段？"季海滨追问道。

萧晓无话可说。

"要不你告诉我你看到哪儿了。"

萧晓端起茶杯猛喝水。

季海滨的手机一振，又是乔麦的信息，问他是不是一直在忙。季海滨想起上一条信息自己还未回复，他偷瞄了一眼萧晓，她好像完全没有注意到。季海滨不禁对两边生出一股奇怪的亏待感。

屋里传来门把手扭动的声音，马费赶紧跪在地上，脑袋跟推开的门砰地撞在一起。

"你怎么在这儿？"前未婚妻低头问。

马费装出虚弱的样子："我昨晚就在这儿了。"

"你跪在这儿干什么？"

"这还不明显吗？"马费保持着跪姿，"我在向你道歉。"

"你已经不是小孩子了，麻烦你每次做事情前都能换位思考一下，如果我像你那样，你会怎么想？会原谅我吗？"

"会——吗？"马费微调了一下膝盖与地面接触的部位和角度，"会的……吧！"

前未婚妻摇头道："不会的！"

电梯门合上后，马费给那个在夜店里大言不惭教自己回头是岸的哥们儿打电话，告诉他没一点屁用。

那哥们儿本来睡得迷迷糊糊的，打算接完电话继续把梦给续上，结果被马费教训得清醒了，回骂道："你是谁啊！"

大学廉价的游泳馆里净是些大叔大妈，他们像泡温泉一样赖在水里，用脂肪盖满水面，并在公共场合里保持着绝对安静。

乔麦在泳道里扑腾了若干来回，累得精疲力竭，手机里的各类信息、邮件已经"999+"，但没有最想看到的那个。

我已经给他发了两条信息了，够了……乔麦想着，只稍稍恢复了一些体力又转身扎进水里。

"欢迎光临！"

季海滨踏入一家没有招牌的拉面店，听见了熟悉的声音，然后看到乔麦走了过来，脸上挂着职业式微笑，帮他倒了一杯凉水。

"你好，这是菜单，是现在选还是选好后再叫我？"乔麦客气地问。

季海滨诧异地盯着乔麦，乔麦指了指菜单，但季海滨还是盯着她，这让她有点不太明白。

"是我啊。"

"我们认识吗？"

"我们当然认……当然算认识吧！"季海滨也似乎没什么底气，"你不记得我了？"

乔麦尴尬难掩："不好意思，你是来这里吃过拉面吗？"

"我……没有。"季海滨想说自己都去你家住过一晚了怎么可能不记得呢，但眼前的乔麦显然不像是开玩笑，"不过……"

没等季海滨解释完，整个屋子突然剧烈晃动起来，碗筷、杯子和装饰品纷纷坠落，碎玻璃遍地，店外哀号声和汽车警报声四起，眼前出现了重影。季海滨抓起乔麦的手朝透着光亮的门口冲去，坍塌的巨大石块从天而降……

他一个鲤鱼打挺坐了起来，额头和脖子上渗着汗珠。

枕头边的手机亮了一下，季海滨又躺下，点开信息，收到一张许晨曦发来的自拍，背景是武康路和淮海中路交会处的那座西班牙骑楼；没等他输入任何一个符号，对方就传来一家餐厅的链接。

这家富民路上的海派酒楼不知为什么被炒成了"全上海不可错过的十家餐厅之一"，每天慕名而来的食客络绎不绝，季海滨难以相信许晨曦这一临时造访的外地人居然能排除万难地在饭点抢到空位。

他在出租车上打电话告诉萧晓今晚有约，当被问到和谁一起去干什么时，又含糊其词地说跟一个朋友吃饭。

因为听到季海滨没有讲上海话，司机本地人的优越感随计价器里的数字一起上涨，吹嘘自己开车二十载，对上海的路况一清二楚，为了规避高峰时段的拥堵提前下了高架，从北京西路转到常德路，没想到照样被卡得变不了道。季海滨索性提前下车，步行赴约，顺便近距离闻嗅一番保有张爱玲气息的常德公寓。

"你想什么呢！"许晨曦从季海滨手里抽走菜单，"我都已经点好了。"

季海滨环顾四周，两片白墙上挂着几幅招牌菜的写真，红白格的桌布和木头椅子让这里看起来像是 20 世纪 80 年代的国营食堂。他突然想起梦中那家无名的拉面店，只可惜迎面走来的老阿姨服务员打破了他对乔麦的幻想。

"还好吗最近？"许晨曦问。

季海滨摇头，他觉得不论从哪个方面来看最近都不算好。

"我看你在日本挺潇洒的呀！"许晨曦说，"每天都发朋友圈，一会儿逛公园，一会儿去海边，自由自在。"

"你以为你看到的就是你看到的吗？"季海滨给自己叫了一瓶啤酒，"在日本喝习惯了，你别介意。"

"挺好，你也该培养一点坏习惯了。那句话怎么说来着，大概意思就是不能和毫无恶习的人交朋友，这种人太可怕。"

"你觉得我没有恶习？"季海滨边倒酒边问。

"吃喝嫖赌抽，坑蒙拐骗偷，你占哪个？"许晨曦巴望着季海滨。

季海滨放下酒瓶，难以启齿但终究还是说了："骗。"

马费翻箱倒柜地把当年在日本留学时的物件全都铺开，在无数笔记本里找到不起眼的联络簿，好在里面的名字和号码还能看清。

在响了很长一段等待音后，对方接起了电话，一个年迈的女声用日语说道："您好。"

"您好，请问是洋子家吗？"马费问。

对面沉寂了很久："请问您是？"

马费不敢直说："我是她大学时的同学，很久没联系了，想组织一次同学会。"

对面又陷入漫长的沉寂："我是她母亲，她去世了，你不知道吗？"

"什么？"马费惊讶地叫出了母语，立刻又转换成日文，"对不起，能告诉我是什么时候的事吗？"

"十年前的事了。"

"十年前？"马费心算了一下，"怎么可能，十年前不是刚研究生毕业吗？"

"嗯，就是在毕业后一个礼拜去世的。"

"毕业前我见过她，不像是身体不佳。"

"她是自杀的。"

对方说得很平静，马费甚至能听见她温和的呼吸声："对不起，我不知道。"

"没什么，我已经习惯回答这样的问题了。"洋子的母亲像在说一个和自己无关的人，"你和她是好朋友，应该清楚她的为人，她就是这样，太看重感情，不过是一次失恋居然就结束了那么美好的人生。"

马费看着联络簿里的地址，不知道还能再说些什么："真的很抱歉。"尽管对方看不见，他依然低下了头，迟迟没有挂断。

"我不相信。"许晨曦一口干了杯中酒，直摇头，"你在编故事。"

"没有啊！"季海滨说，"我宁愿这是我编出来的故事，这样我会少很多烦恼。"

"我不觉得你认为这是烦恼。"许晨曦狡猾地说，"相反，我觉得你乐在其中。"

"哇哦！这句话真伤人，都让我怀疑我们是不是认识了十几年。"

"这跟认识时间的长短没有关系，你还不明白吗？这是你发自内心表现出来的东西，你享受这种……'意外'，就像第一次尝禁果的人一样。"许晨曦说，"我不是在评判你什么，我理解你，但我想问你的是，你知道自己对那个女生……她叫什么来着？"

"乔麦。"

"这不重要，你知道自己对她是什么感觉吗？"许晨曦问，"别告诉我你爱上她了。"

"这是一种很复杂的感觉，我确定不了。"季海滨思考许久后说，"否则我不会不告诉她真相。"

"你的意思是，她不知道萧晓的存在？"

季海滨轻轻"嗯"了一声："她问我有没有女朋友，我没有回应。不知为何，她好像默认了我是单身，更不可思议的是，我竟然对此听之任之。"

"所以你打算一直隐瞒还是什么？"

"我不知道，我没有遇到过这样的事，我没有经验。"季海滨无辜地看着许晨曦说。

许晨曦被看毛了："干吗，你觉得我有经验？"

"不是，我真的不知道该怎么做。"

"我确实有经验。"看到季海滨那副惊讶的面孔，许晨曦差点儿笑出来，"你交往过的女生太少了，稍微出现一个不一样的就把你给迷惑了。"

"不不不，她没有迷惑我。"季海滨辩解道，"我之所以隐瞒有女朋友的事实，是因为我真的没想到事情会发展成这样，我以为……"

"你以为发生在东京的就会留在东京是吗？"许晨曦轻松地说，"那就如实告诉她你已经有女朋友了，这样她应该就不会再问你下次什么时候去了吧！"说完眨了眨眼，"但也不一定。"

季海滨看着店外排起长队等号的顾客，做贼心虚道："撤吧！"

时隔多年重新恢复运行的 911 路双层公交车从眼前经过，车身上沾着淮海路的风尘和光芒。季海滨和许晨曦一路朝东闲逛，走到茂名路的时候实在忍受不了人声鼎沸的杂乱，便拐进右侧的南昌路，整个都市的喧嚣顿时被拦在了徐悲鸿故居和那些精致的咖啡馆上空。

"推荐些电影和书给我吧！"许晨曦没喝几口酒却带着微醺的样子甩着手里的包，路灯将她的身影拉长，"你不知道，如果我再继续这样下去，真的要沦为金钱的奴隶了，但没办法，我每个月要还的按揭就得三万块。"

"怎么我只听出了你炫富的意思，电影和书只是借口。"季海滨说。

"你不也这样吗？整个晚上你都在说自己因为遇到那个叫乔麦的

女人所以很苦恼，但事实上你很开心，因为你发现……"季海滨在等她说下去，但许晨曦却从包里抽出一张纸巾擦了擦眼角，"你发现自己居然还能再去用心喜欢一个人，这种感觉让你觉得自己还活着。"

"你觉得我需要通过这样的方式证明自己活着吗？"季海滨问，"你是太不了解我，还是太了解我？"

身后的汽车急促地鸣笛，将两人驱赶到路边一间杂货铺的门口。

"我们已经快三十五岁了。"许晨曦说，"你知道这意味着什么吗？"

"年老色衰？"

许晨曦笑起来："我可没年老色衰。"否定完季海滨的评价后又露出原始的愁闷感，"我的意思是，哪怕外表依旧风光夺目，但到了我们这样的年纪，再跟别人聊爱情，会显得是一件非常可笑的事。好像在很久以前这种情绪就该被掩盖起来，好像爱情就只属于那些十七八九和二十多岁的人。"

"没有吧……"季海滨说，"爱情属于任何一个年龄段。"

"那是你们这些编故事的人创造出来的假象，爱情是需要土壤和养分的，当精神干涸后，哪里还有资源供爱情生长……"

季海滨的手机铃声打断了许晨曦激动的话语，马费要他明天就陪自己再回日本。

"你别这么以自我为中心好吗？要回来就回来，要去就去。剧本一直没推进，我很焦虑的。"

"相信我，我比你更焦虑，而且，这是一件比写剧本更重要的事。"

"说来听听。"

"我要死了。"

"爽死？"

"神形俱灭的那种。"

杂货铺拉下卷帘门，路灯闪了闪又恢复正常，季海滨放下电话，看着许晨曦："有土壤和养分的时候没种子，种子有了，土壤和养分却又没了。"

"什么时候的事？"季海滨坐在沙发上，腿边是马费的诊断书，他反复研究着，确保不是假货。

"放心，是真的，没人这样诅咒自己的。"

马费家打扫得出奇整洁，以前从没觉得做家务是件愉快的事，但现在每隔一天就会整理一次，而且是自己动手。

"上次去日本之前就已经这样了。"

"那为什么不第一时间告诉我？"季海滨拿起诊断书，"不是假的……那会不会误诊啊？要不换家医院再看一看。"

"我上次去日本的时候复诊了。"马费把第二份日文诊断报告拿给季海滨，"一样的。"

"没……没得治吗？"

"基本上没有。"

"那你明天去日本是做什么？"

马费看着季海滨，一言不发。

"你来真的？"萧晓看见季海滨将旅行箱塞满，"又去？"

"他只有半年时间了。"季海滨说。

"所以……这跟你签合同有什么矛盾吗？你是真不打算继续写了？"

季海滨将箱子合上："你可有想过，如果这件事是发生在我身上，我该以怎样的姿态离开这个世界？"

"你这么一说提醒我了，我打算把家里重新翻修一下。"萧晓走到朝北的卧室门外，"比如把这个卧室改成儿童游乐房。"

"儿童游乐房？"虽然面前没有镜子，但季海滨知道自己的脸色肯定很难看，"你怀孕了？"

"不不不，没有。"萧晓说，"这是我的打算。"

"什么叫你的打算？难道我不参与这个小孩的诞生吗？"季海滨站起身问。

"这是什么鬼问题！"萧晓白了季海滨一眼，"我只是觉得到时候了。"

"你觉得现在是讨论这个问题的时候？"

"我们永远不会等到适合讨论这个问题的最佳时间的，所以我觉得不如就趁这个机会聊一聊。"

凭着对萧晓的认知，季海滨不明白她是从哪儿收获了创造新生命的勇气，以为只是赌气："聊生小孩？"

"聊我们的未来。"萧晓说，"不要小孩，难道也永远不要婚姻吗？"

　　差点儿脱口而出的话被咽了下去，季海滨清楚地记得自己和萧晓在认识五年后决定在一起时达成的共识：不结婚，不要小孩，也不牵扯双方家庭。言外之意，他们只要最单一的、无杂质的感情。

　　对小孩的恐惧与排斥是季海滨与生俱来的，可能和他出生后便久病缠身的经历有关，他觉得所谓的血脉不过是人类基因中最大的骗局。幸运的是，在这个问题上，萧晓和他有着类似的结论。在季海滨看来，萧晓的首肯已经不局限于婚姻和孩子这种狭窄的思路上，而是意味着这个女人足够坚强和独立，她不需要通过婚姻或繁衍来证明自身价值——这是萧晓最耀眼的光芒。

　　"你在害怕吗？"季海滨问，"担心有一天自己丧失价值？"

　　"我知道你在说什么。"萧晓展现出她聪明的那一面，"也许在你看来我违背了当初的想法，但这就是事实，也是规律，我违背不了，此时此刻，我需要这些东西，在成为你眼中的独立坚强的女人之前，我首先只是一个女人。"

　　季海滨坐回沙发上，看着漆黑的电视机屏幕，里面有他自己的身影。

　　"王主编说……说可以找人代笔，只要你同意署名就行，你可以去做自己想做的事。"萧晓走到季海滨跟前说，她以为这个结果对心爱的男人来说是好的。

　　季海滨看着萧晓，仿佛在看一个不认识的人："我从日本带回来的那把透明伞呢？"

"坏了,我扔掉了。"

"啊?"

"前几天下雨我带出去,结果骑车的时候不小心把伞卡进车轮里了,就扭断了,然后就扔……"

"坏了可以修的。"季海滨提高音量,打断了萧晓的解释。

萧晓有点被吓到:"那把伞,很重要吗?"

季海滨平复了一下情绪,将箱子竖立起来,小声说:"没事,不重要。"

第五章

"古埃及人对死亡有种美好的信念，当他们的灵魂到达天堂门口，上帝会问他们两个问题，天堂之门是否打开就取决于他们对这两个问题的回答……在你的生命中是否有过快乐？以及在你这一生中有没有给别人带去快乐？"摩根·弗里曼坐在金字塔对面的高墙上对杰克·尼科尔森说。

"关了吧！"马费拿起枕头盖住自己的脸，无力地瘫倒在地上。

杜安宁拿起遥控器将电视调成静音，屏幕上的画面和字幕依旧不受影响地播放着。

季海滨和马费已经回到日本一个礼拜，他们试图用电影缓解将死之人的痛苦，还特意挑选了几部最应景的。

"我们如何才能创作出这样的电影？"马费呜呜的声音透过棉枕头传来，"在我最后这半年的时间里。"

"很难。"杜安宁抢答道，"那么多年了都没做出来，还指望这最后半年？”

"我都快挂了，麻烦你稍微积点口德好吗？”马费拿下枕头，“我想明白了，之前我们设想的所有内容都要丢掉，我绝对不能把人生中唯一的电影做成滥俗的类型片。”

"站在男性的角度，电影如同女人，好电影也就如同好女人，她们应该是吸引人的，但不是勾引人。”季海滨说，“她们肯定不能是荒淫的荡妇，但也同样不能是未经人事的少女。”

"那么请问如何才能做出你们口中的那种非类型片呢？”杜安宁问马费，“别误会，我不是关心你。”

马费拿起地板上的联络簿，看着上面的姓名、电话和地址说："首先，我得拥有一个非类型化的人生。”

现在距离乔麦家不过个把钟头的车程，为了避免想起那间小公寓里的地铺，季海滨在卧室的榻榻米上加了一层床垫。

墙壁外空调主机的运转声低沉而收敛，隔壁房间里杜安宁压着嗓门儿打了将近二十分钟的电话，马费则坚持无须将自己的现状告知家人，在他看来这种行为除了让更多人一起痛苦外没有任何作用，尽管他最擅长的就是给家人带来痛苦。

"我已经回东京了。”季海滨点开乔麦一周前发来的信息回复道，"前几天事情太多，抱歉没能及时回复你。”

信息发送完他将手机放下，走到窗边看着东南方，尽管很想再次听到乔麦的声音，但出于亏欠，他也希望乔麦能晚一点再回复自己。

然而不到五分钟，乔麦的信息就来了："我在打工，结束了跟你说。"

季海滨想问乔麦什么时候结束，但第一次在后巷见到乔麦时的情形突然涌现，他觉得反正不论多晚也会等，没必要问那么详细。

三个小时后，刚过十一点，乔麦的信息出现："我结束了，你方便通电话吗？"

季海滨将卧室的拉门关上，找出耳机，回了一个"OK"的符号。很快，乔麦语音呼叫了他。

"嗨！"季海滨接通，"你下班了？"

乔麦哈哈笑了两声："是啊，我觉得发信息好麻烦，所以干脆就通电话了，没有打扰到你吧？"

季海滨听了听外面的动静："当然没有，你干吗这么小心翼翼的？"

"很奇怪吗？"乔麦问，"我们之前都没有这样通话过。"

"我也有想过回电话给你，但怕打扰你，因为不知道你在上课还是打工。"

"咦——你怎么也小心翼翼起来了？"乔麦得意地问。

季海滨听着呼呼的杂音："你说什么？"

"你听不到我讲话吗？"乔麦说，"我在骑车回公寓的路上，刚刚爬坡上了一座桥。"

"是你家附近的那座桥吗？"季海滨问，他仿佛在黑夜中看见了那座巴士站。

"不是，我还在很远的地方。"乔麦说，"所以现在把事都忙完了吗？"

"没……一时半会儿结束不了。"

"那……你这次会在东京待多久？"

"我不知道……但我的签证最多只能待一个月。"

"这样啊……"乔麦轻轻哼了一声，"其实在过去这几天里，我也很忙呢！"

"忙什么？"

"论文、工作，以及……思考一些关系。"

"所以……你想跟我聊哪个？"

杜安宁已经睡了，掉在枕头边的手机还开着视频；马费在楼下的客厅里"不省人事"，吓得季海滨测了一下他的呼吸，确认这厮还活着后才小心地从他身上跨过去。

门口的声控灯随着季海滨和乔麦的交谈保持着常亮，不时有兴奋的飞虫在灯下扑腾。

"你有没有觉得一点点怕？"乔麦问。

季海滨听到自行车停下的声音，他知道乔麦会把车停在楼梯下，然后踩着陡峭的台阶走上公寓的二层，接着信号就有些弱了。

乔麦打开公寓的门，亮起灯，将钥匙丢进不过巴掌大的小竹筐中："你不怕我们之间产生一种莫名的情愫吗？"

一只黑色的野猫从屋檐跳到墙头，蹲下，完全融入了周围的环境，变化着瞳孔朝季海滨打了个哈欠；站在便利店门口抽烟的男子打开一盒沙丁鱼罐头，吹着口哨招呼野猫过去，但傲娇的野猫不领情，舔了舔前爪，从墙头跃入后面的草丛中，消失了。

"我觉得我们之间已经有了一种莫名的情愫。"季海滨说，"在这之前就有了，你不觉得吗？"

"你别问我，现在是我在问你。"乔麦放下包，"你这是在跟我表白吗？"

季海滨被这一针见血的发问勒住，抬头目睹一片薄云正流向清澈圆满的明月，月光在云雾中充满着颗粒感："今晚的月色确实很美。"

"对……"乔麦走到阳台上，收回衣服，轻轻拍打了几下，"很适合表白。"

踏上"东西线"的那一刻，季海滨就想起不久前那个夏雨淅沥的傍晚，这条铁轨将他带往另一端的乔麦。

作为东京都圈内与中目黑、下北泽齐名的宜居胜地，"吉祥寺"从名字开始就充满着令人向往的亲和力，和山手线内拥挤忙碌局促且桀骜不驯的节奏不同，这里的人们洋溢着更高频率的笑脸。

季海滨一出站就连拍了几张相片发给乔麦，在和马费、杜安宁坐上 52 路巴士继续前往武藏野的时候收到回信，乔麦问他为什么去吉祥寺。季海滨看着坐在前排一脸凝重的马费，说陪朋友来拜访故人。

巴士绕过郁郁葱葱的公园，马费带头在武藏野高校前站下车，看着眼前湘北高中的原型，他清楚地记起第一次来到这里时的情形。

大学即将毕业的初夏，和那些力图在日本求职的留学生不同，马费完成论文答辩后就无所事事，加之刚被动结束一段长达两年的恋情，他急需在归国前完成自我救赎，于是洋子进入了狩猎圈，接着在两个礼拜内沦陷，趁父母去九州的机会将马费带回了家。度过那晚后的第四天，马费像没事人一样离开了东京，直到洋子问起，才以一种理所当然的口吻反问对方，毕业前的恋情难道不就是为了爽一爽，然后为一个时代画上句号吗？洋子之后没有任何表示，当马费听到对面终于传来电话挂断的"嘟——嘟——"声后彻底轻松了。

三个人把方圆两百米以内的所有房子从头到尾打量了好几遍也没能找到洋子家，季海滨忍不住问马费："每户人家的门上都挂着牌子，你要找的那位洋子小姐姓什么呀？"

马费站定，光秃秃地说："我不知道。"

"你跟人家睡了居然不知道对方姓什么？"杜安宁怒斥道，"你也太不是人了吧！"

"我又没打算跟她睡第二次，为什么要知道她姓什么？"马费悠悠地说，"我是指当时的我。"

"再打个电话吧！"季海滨说，"问问洋子母亲。"

"这样真的好吗？"

"我觉得这样反而才好吧！"

马费照着联络簿拨通那个号码，接起电话的洋子母亲想不到马费真的来看望自己，很开心地告诉了他具体的方位。

站在门外的马费看着门牌号和那写着"榎木"的木牌，第一次知道洋子的全名："其实我跟她也就在一起半个月不到。"

"如果你觉得太唐突或者害怕，也不用一定坦白的。"

马费看了眼季海滨，按响门铃："我都要死了，还怕什么。"

这间十帖左右的厅堂里没有多余的陈设，木质的拉门敞开着，令屋子里半明半暗，从季海滨等人坐着的地方看出去，正好可见院子里一株青翠的松树，吹入室内的风好像也因为经过那株松树的问候变得有了生命的颜色。

"抱歉让你们久等了。"洋子的母亲穿着居家和服走过来，手上端着茶盘。可能是化了妆的缘故，她的面色看上去还不错。

"这里还真是安静呢！"马费用日语对洋子的母亲说，说完后又为季海滨和杜安宁翻译了一下。

"是啊，东京就是太吵闹了，洋子和她的父亲都喜欢安静，所以我们很早就搬来了这里，差不多有……三十年了。"洋子母亲一边泡茶一边感叹，"时间过得还真是快呢！"

三个人一一接过清茶，马费喝完，头上汗珠直冒。

"你很热吗，要不要我把空调打开？"洋子母亲问。

"啊！不用了。"马费取出手帕擦了擦额头，"关上门的话，就看不到院子了。"

洋子母亲笑笑，看向那棵松树："只要白天一到，我就会打开这扇门，这会让我感到依旧和他们在一起。"

她深陷进回忆里，像随着壶嘴外的袅袅水汽沉淀到杯底的抹茶，许久才察觉到还有马费等人在场，连忙解释道："哦——你们还不知道对吗？那棵松树是洋子去世后种下的，后来她爸爸也走了，两人埋在了一起。我在想，等哪天我也离开后，不知有谁能把我和他们埋在一起呢。"

"她说，那棵松树是洋子去世后种下的。"马费翻译完，和季海滨、杜安宁一起又朝松树看去。

"你叫马费，对吗？"洋子母亲问，"我都不知道洋子还有你这么一个好朋友。"

"其实我……"

"等一下，给你们看个东西。"洋子母亲起身，去柜子里找出一本相册拿给马费他们，"我也很久没有跟别人一起看了。"

"哎——这是洋子的小时候吗？"马费指着一张黑白照问。

"不是，这是我小时候。"洋子母亲不好意思地笑着说。

"洋子和您长得可真像呢！"

"可是我们的朋友们都说她像父亲。"

"哪里哪里，明明就是像您啊，多好看……"

"还有这张，是洋子换牙时拍的……这个，是她升小学的时候……这个，是她奶奶去世后拍的，她和奶奶的感情很好……"

这本相册马费并非第一次见，尽管脑海里堆满当初和洋子在一起时的画面，但他依旧凭借信手拈来的演技熟练地骗过了洋子母亲，四个人围靠在一起，检阅完了洋子短暂的一生。自始至终，马费也没能说出真相。

太阳落山时，一行人跟洋子母亲告别，洋子母亲出门相送，马费强忍疼痛，保持着自然的表情走出很远后才掏出吗啡缓释片，直接吞下。

吗啡暂时缓解了马费的痛苦，他坐在电车上一路闭目养神，到家后也无力随季海滨和杜安宁去吃饭，只想珍惜这宝贵的舒适感睡一觉。

"你们知道我现在最想怎样吗？"在季海滨和杜安宁出门前马费这样说道，"我最希望能这样在没有痛苦的过程中睡死过去。"

"其实我也没什么想吃的。"季海滨和杜安宁走回到日暮里站外的美食街，在那儿绕了一圈又一圈，"照理我们不应该在这个时候把马费一个人丢在家里，但我知道，他不希望我们像护工一样在他面前晃来晃去，比起对死亡的恐惧，他应该更害怕失去尊严。"

"我不觉得他会因此失去尊严。"杜安宁说，"虽然下午他没有向洋子的母亲承认自己就是害死她女儿的人，但我能感受到他承受的痛苦和煎熬已经与是否坦白无关了。"

"可他一直说做人应该 Be real。"

"Be real, but don't be stupid."

两人从超市里买了相同的蜜桃味果酒，坐在店门外的长椅上碰杯。

"想不到还会在这里跟你喝酒。"季海滨说。

"我也没想到会在这里住这么久。"

"你想聊聊你的事吗？"

"我已经没有事了，我跟他说拜拜了。"电车从头顶上的高架驶过，淹没了杜安宁的话，"我现在有点理解你了，这里真的适合放下一些人和事呢！"

季海滨看着停入公交站的巴士，打开的车门微微倾斜，乘客们有序上下："但是……也很容易多出一些人和事。"

"那你呢，要不要 Be real ？"

"不是要不要，而是应该。"

巴士到了发车的时间，从季海滨和杜安宁面前开走。

这个女人突然笑起来："那家伙也说过类似的话，但是说和做到完全是两码事。"她曾听同事八卦过季海滨的一些私事，见他不搭腔，又追问道，"你是打算向那个女生 Be real 还是向萧晓 Be real ？"

"我……"季海滨真实的心里话是"我只是说说"，但心里话之所以是心里话，就是因为不能公开讲出来，可见男人壮志凌云时表的态都经不住深究；但好在乔麦的信息及时到来，分散了杜安宁的注意。

"你在忙吗？"

"没，刚把朋友送回家，现在……"季海滨看了眼杜安宁，将信息补全，"我一个人。"

"那可以通话吗？"

季海滨假惺惺地问杜安宁："我可以打个电话吗？"

杜安宁白了他一眼，挥挥手让他滚远点。

季海滨走到连接公交站和对面商业街的环岛中，给乔麦回拨了电话，但被挂断，他正要再拨，乔麦回了视频通话的请求。

"嗨！"季海滨有点不自然，屏幕上乔麦的面孔也因为天色暗淡而显得不那么清晰。

　　背景里的树在快速后退，乔麦夸张地笑出来："我刚下课，骑着车呢，这好像是我们第一次视频。"

　　季海滨调整了一下角度和距离，尽量让自己上镜些。

　　"你在干吗？"乔麦问，"凹造型吗？"

　　"我没怎么跟别人视频过，不太习惯。"季海滨对试过的几个角度都不太满意。

　　乔麦笑得更放肆了："没有打扰到你吧？"

　　"我在闲逛。"季海滨忽略了杜安宁的存在，"你现在要去打工吗？"

　　"今晚没有工打，我现在回去。"乔麦切换到后摄像头，"你看到前面那座桥了吗，还记得吗？"

　　画面因为乔麦手部的抖动处于不断调焦的状态，路灯的光斑将这座远处的桥照得更加模糊，但都不影响季海滨想起那天早晨分别时的情形，还有那一丝被掩盖起的急促划过的邪念。

　　"我这几天开始找工作了。"乔麦说，"参加了一些类似校园招聘会之类的活动，但没什么特别心仪的。"

　　"那你心仪的工作是什么呢？"

　　"我很想去做家装设计。"乔麦说，"但我并不会操作那些软件，而且在日本，这种职业都是跟房产会社联系在一起的，是需要考证的。"

　　"所以现在来不及去考了是吗？"季海滨问。

　　"是……我今年还要写论文，连突击的时间都没有了。"乔麦说，"我把太多时间用在打工上了。"

"听起来有点得不偿失。"

"也没有啊，如果不打工的话，我连在这里念书的学费都没有，也交不了房租什么的，所以……没办法。"看着季海滨陷入沉思的表情，乔麦以为他在嫌弃，"你是不是以为我是那种家里特别有钱的留学生？"

"没没没。"季海滨也乐了，"哪有有钱留学生住那种小公寓的。"

逻辑感人，乔麦笑得眼睛眯起来："我本来想在桥上拍一张照片给你看的，但后来想想，不如等你下次来的时候自己看……你还会来吗？"

季海滨不太明白乔麦的问题："为什么不会？我很喜欢那里。"

"你别反问我。"乔麦说。

"我没有反问你，我的意思就是，只要你不排斥，我当然愿意去。"

对面传来呼呼的风声，乔麦想了想说："那……你会留在这里吗？"

杜安宁走到季海滨身边，避开了摄像头的捕捉，用嘴形告诉他要回去了。

"没事，我问错了。"乔麦撤回了提问。

"坦白？"马费强撑着坐起来，"你刚表白完就坦白？"

季海滨没想到马费如此情绪高涨，他以为现在的马费应该更佛系地支持自己才对，毕竟"Be real"是他提出来的。

"我让你 Be real 不是这么个 Be 法！"马费感到一股更剧烈的

非生理性质的痛，"告诉我，你坦白的目的是什么？"

"就是应该让她们知道我真实的想法和状况，没有别的目的。"

"你真实的想法和状况？"马费重复了一遍，像看智商长期掉线的弱智一样看着季海滨，"让萧晓知道你喜欢上了另外一个女人，然后再让另外一个喜欢你的女人知道萧晓的存在。"说完拍拍手，"真机智！冒昧地问一句，这是什么操作？"

"我只是觉得不能骗她们。"

"这不是骗啊！"

"这还不是骗？"季海滨看着马费那双诚挚的眼睛，感叹他的演技真是棒极了，"她们两个都已经开始计划未来了，如果我不坦白，每拖一天，对她们的伤害就会多一点。"

"你如何确保真相不会更伤害她们呢？"马费说，"你不是我，你没有处理这种事情的经验，对于任何一个没有经验的人来说，最好的处理方式就是别那么冲动，否则没回头路能走的。"

"但如何在这种感觉上保持冷静和理智呢？"季海滨说。

"很简单，你只要想一个问题就可以了。"马费说，"坦白之后她们就会如你所愿知道真实的状况，然后会产生两个结果，一是你还有选择权；二是你丧失了选择权，这两个结果你是否都能接受？"

季海滨左右权衡着，毫无头绪，乔麦的信息又到了：我明天没有课，也不用打工。

"麻烦又来了是吗？"马费调侃道，"也许你是对的，隐瞒总归是疲惫的，生活已经很折磨人了，还是应该选择最轻松的方式。"

"我明天会告诉她的。"

季海滨看着乔麦发来的文字，想利用这难得的假期约她——如果成行，这将是季海滨确定自己对乔麦情感后的第一次约会。他既不好意思太直白，又想将选择权丢过去，便啰唆地问乔麦既然明天那么空闲有什么安排。

乔麦对季海滨这种南方式的闷骚早有预料，欲擒故纵地告诉他一切都看心情而定。

"明天我们一起去镰仓。"马费说。

"镰仓？为什么突然决定去那里？"

马费将手机递给季海滨，季海滨瞟了一眼："我又看不懂日文。"

"再陪我去见一个人吧！"马费说。

"但你连着两天出门……不要紧吗？"

"你是在含蓄地问我，会不会死？"

"看破不说破，还能做朋友。"季海滨找到了机会，转而问乔麦有没有兴趣一起去镰仓。

乔麦眼看顺利擒住了对方，也不再故意刁难，欣喜地答应下来，尽管她已经去过三次了——季海滨耍孩子脾气一般不甘示弱地告诉乔麦自己也去过很多次，于是两个人又相互抬杠了几个来回，引得马费连连感叹有时间说废话真是件幸福的事。

清晨天色灰蒙，北边有一片停滞了很久的乌云，季海滨查看天气预报，没有要下雨的提醒，纠结了一阵，决定不带伞。

马费起床后因为疼痛显得很没精神，最近他服用吗啡缓释片的频率越来越高，但药效却越来越差。

季海滨再三询问是否一定要在今天去镰仓，马费在沙发上坐了十几分钟，说就今天去，因为他不知道还能不能活到明天。

列车行至日本桥，季海滨要去约好的入口找乔麦，杜安宁扶着马费坐在站台的椅子上，并帮他从自动贩卖机里买了一罐热饮。在走下楼梯的那一刻，季海滨回头看了看，马费在喝他根本不喜欢的杏仁味牛奶，他从未见过如此虚弱且失去骄傲的马费，至于杜安宁，他也不知道这个女生是因为同情还是别的什么心理一直留在这儿。

乔麦已经在约定的地点等待，看到季海滨后开心地冲过来，抱住他，季海滨感受到这个女生释放出的力量。

一行人会合，乔麦还记得马费，季海滨没有将实情告知乔麦，在杜安宁的配合下，只说马费昨晚没睡好。

四个人坐在列车行进方向的左侧，以为这样能看到海，但列车穿过横滨后，沿着东海道本线进入内陆。大部分乘客都在横滨和更早的品川站下了车，现在车厢内寥寥数人，且十分分散。

"镰仓是一个充满灵性的地方。"马费瘆人地说，"你们都有看过《镰仓物语》吧，千万小心不要误入妖精的结界里。"

"今天其实有一场就职说明会的。"乔麦说，"但我还是跟你来镰仓了。"

"这会影响你找工作的吧？"季海滨有些担心地问。

"当然。"乔麦无意减轻季海滨的负罪感，"但我衡量过了，就职说明会以后还会有，但我不知道你什么时候就会离开。"

"我会离开，但也会再回来呀！"

"我不喜欢这样。"乔麦说，"难道我每次见面后都得时刻提醒自己没几天你就会离开，然后巴望着你再回来吗？所以我才会问你，你会留在这里吗？"

"你所谓的留在这里，是指什么？"

"在这里生活。"

"他肯定很愿意啊！"马费加入进来，"他一直念叨着想来日本学电影。"

"那你为什么不来？"乔麦问。

"一直没有找到合适的机会。"季海滨说。

"借口！"杜安宁对着手机恶狠狠地发出去一条巨长的信息。

"现在机会来了。"马费挤着眼，看到季海滨和乔麦握在一起的手。

"你希望我一直留在这里？"季海滨问乔麦。

乔麦觉得这个男人要么是在明知故问，要么就是个傻子："不然呢？"

"我不是说不愿意留在你身边，我只是想……会不会距离产生美？"季海滨看着对面窗外闪现而过的建筑说，"任何关系都会随着长时间的交往变得愈发密切，逐渐爬升至顶峰，可一旦抵达顶峰，接下来就会无休止地趋于冷却，就像抛物线那样。"

"这是你从历届情感关系中总结出来的经验吗？"

"谈不上经验，是教训。"季海滨感觉到乔麦的手有些颤抖，"即便不是自己的经历，看到的也够多了。"

"他喜欢这种感觉。"马费朝季海滨和乔麦的方向伸出头来，"和我一样，他喜欢情感上的悲壮感，一种献身文化，对死亡既恐惧又向往，因为只有死亡到来，才能解释他对于生命的终极拷问，尽管他的终极拷问究竟是什么我并不知道，但我知道他表里如一，对待现实中感情的方式和在小说创作中一样。"

"你怎么知……"

"我看到你电脑里新写的小说了。"马费漫不经心地说。

"什么？"季海滨炸了，坐在对面的一个正在看书的老妇缓缓抬起头看了他一眼又缓缓低下头继续阅读。

"你还写小说？"乔麦刷新了对季海滨的认知，但很快就醒悟过来，"怪不得你说你是打字员呢！"

"你不知道他写小说？"马费也惊讶到了姥姥家，"他说他是打字员？"

乔麦使劲儿点头："我现在都不知道他哪句话是真的哪句话是假的了。"

"我不是成心要隐瞒。"季海滨解释道，"我是不想所有的话题都围绕在我写的小说上，因为我觉得那不值得聊。"

"所以，你也不知道他是'七少爷'？"杜安宁问乔麦，她好像根本没听到季海滨的诉苦。

乔麦捂住嘴巴，近距离凝视着季海滨："你是'七少爷'？"

"我是个打字员。"

"你怎么能是'七少爷'呢！"乔麦一脸失望，仿佛毕生希望破灭，"'七少爷'不应该是玉树临风、潇洒倜傥的吗？你这体型，哪像是会轻功的。"

杜安宁和马费默默转过脸。

终于看见海了，可能是与整体环境有关，比起东南亚，日本夏季的海虽然也波涛汹涌，但看上去蓝得更加有礼貌。

"我可以问你个问题吗？"乔麦瞬间又小心翼翼起来。

"你不是一直在问吗？"

"你为什么而写作？"

"回答不了吗？"马费问。

"其实我也想知道。"杜安宁说。

季海滨当然可以回答，而且可以回答得很漂亮，但他不想把真实的意图说出来，那是另一个故事。

"创作这个小说的初衷，其实是一场邂逅。"季海滨说。

"和谁的邂逅？"

"和'林百货'。"

乔麦眨了一下眼睛："林百货是什么？"

"你有去过台南吗？"

"没有。"

"那你不知道林百货也正常。"季海滨堵住了乔麦，在想怎么描述林百货最佳，"林百货不是崇光百货那样的商场……它确实是个卖东西的地方，但不是大型商场，是一个结合了台南当地传统的文创市场，只卖一些生活中常用的小物件，比如文具、手帕、餐具，还有小型电器，偶尔也会举办展览。"

"听起来也很普通啊，台北有很多这样的文创集市，所以你为林百货创作了一部小说？"杜安宁说。

"不不不，林百货不单单是一座文创市集，也不能简单地说我为林百货创作了一部小说。"季海滨问杜安宁，"你有过这种感觉吗？明明是一个从未抵达过的陌生的地方，但你站在那儿，就感觉自己属于这里，好像来过似的，而且，你觉得不该只有自己一个人在这儿。"

"有。"杜安宁很认真地说，"当我从日暮里站出来的时候就有这种错觉，带着这种错觉一路去到你的小屋。"

"现在呢？还有这样的感觉吗？"

"然后呢，你就带着那样的感觉去写了小说？"乔麦接着问，没等到杜安宁的答案。

"这是一种奇怪的感觉，虽然我是一个很情绪化的人，但这样的感觉并不常见。我在台南也只待了两三天，但每天晚上我都会去林百货的顶层站一会儿，顶层有一家咖啡厅，放日文版的《野玫瑰》，他们反复地放，我就反复地听，身边的其他游客们络绎不绝，下面街道上的车流来来往往。我坚定地意识到，这里本就该有值得传颂的故事。"

"林百货是日据时代的建筑。"杜安宁对照着手机里检索出来的资料说。

"嗯，应该是1932年的年底开幕的。20世纪30年代，随着台湾经济和文化的萌芽以及发展，电灯、电话、汽车以及飞机相继进入市场，也出现了大量的咖啡馆、电影院，引进了许多外语电影、爵士乐等。年轻男女开始自由恋爱，开始穿洋装，接受西式教育，就像当时的上海一样，到处都是所谓的进步学生、摩登女郎和各式各样的公馆。"

"是这样的吗？"杜安宁把她找到的林百货的图片拿给季海滨看。

"是，五层楼加上天台，在那个时代可是全台湾最高的建筑了。"

"但说实话，我站在东方明珠或者环球金融中心的顶层的时候可一点创作的欲望都没有，你有吗？"

"不是高就有用的。"季海滨说，"只有当建筑针对特定的创作者有了文学的可塑性后才会激发出他在此场景下的创作欲。"

"能再说一遍吗？"杜安宁有点被绕进去了，"你自己都重复不了刚刚那段掉书袋一样的话了是吗？"

"只有当建筑针对特定的创作者有了文学的可塑性后才会激发出他在此场景下的创作欲。"季海滨一字不差地重复了刚刚的话，"当然，这是就林百货而言，你可以把建筑替换成任何东西，一个人、一件物品、一条路，都行。"

"所以林百货刺激到你的创作欲了？"

"对，这一点我很肯定，站在林百货的天台上，台南的风让我闻到了那个时代的味道。"季海滨向后靠了靠，舒展着身体说，"不可否认，这种做法确实很冒险，但创作本来不就是冒险吗？"

列车中的广播提醒着乘客藤泽站已经到了，季海滨一行人走出车厢，不仅是镰仓的海的味道，还有关于夏天的一切都在他们走出站的那一刻迸发出来。

预订的旅馆距离藤泽站不过几百米，季海滨告诉杜安宁，在江之岛站或者镰仓站下来，都有整条街的美食。不过他很肯定，任何人第一次看见镰仓的那片海的时候，都不会在意些许的空腹感。

马费通情达理地提出分头行动，季海滨将随身 Wi-Fi 丢给马费便于联系，但马费转送给了杜安宁，他说自己想去海边走走，把设备弄湿了可不好。

乔麦跨过七里滨沿海公路人行道旁的栅栏，爬上堤坝，像一座碑似的站了好久，忘了对季海滨的提问；骑行和长跑爱好者在亮红灯的路口汇入游客的人群，那一刻季海滨觉得自己很多余，面前的女人纹丝不动地盯着远处海天交接的一线，黑色的眼珠像是蓝色海底即将消弭的悲壮的漩涡。

"你在想什么？"季海滨问，"担心工作吗？"

"啊！"乔麦被惊醒，"没想什么。"

"不可能，你都看了这么久了，不可能什么都没想。"

"好吧！"乔麦苦笑了下，"我所谓的没想什么，不是那种……什么都没想，我就是在看眼前这片充满力量且富有生机的海，你不知道在海的深处隐藏着什么正在涌动的东西，可能有怪物，也可能有宝藏，谁知道呢，就像……"

"就像生活？"季海滨将乔麦久久未能续上的话说完。

"就像生活……"乔麦小声重复道，找了一片没有被踩湿的地方坐下，"刚刚从藤泽站走过来的时候，路过了一家拉面店，你有注意到吗？"

"是一家很小的店面对吗？我有闻到香味。"季海滨回味道，"你想去尝尝吗？我记得你很喜欢吃拉面。"

"我有跟你说过吗？其实我不只是喜欢吃拉面，我还有过开一家拉面店的打算呢！"乔麦说完要季海滨不要笑但自己却笑了，"不过不是现在，我还有很多东西要学。"

"这不可笑，我觉得经营一家拉面店很不错。"季海滨投出赞成票，"日料里的那几种单品都可以独立成店，烤物、小菜、天妇罗、寿司什么的，甚至章鱼小丸子也行。"

"真的吗？你觉得开一家拉面店是可行的？"

"为什么不可行？"季海滨说，"我觉得只要是经营一个属于自己的产业，都是可以的，从经营一家店开始，学会经营自己的人生，不是一件很美的事吗？"

"但我现在只停留在想的层面。"乔麦起身沿着堤坝走着，"我吃过很多不同的拉面，虽然吃过不代表就会做出来，但我至少有评判的依据。"

"是啊，很多美食家并不是好厨子，就像……就像很多高谈阔论的影评家屁都拍不出来一样。"季海滨说完发现这个比喻完全说反了，但乔麦似乎没反应过来。

"我不知道该开在日本还是中国。"乔麦思索着，"现在想这个问题有点早是吧？"

"早点做打算嘛，就暂定开一家拉面店吧！"季海滨说，"我店的名字都想好了。"

"啊？"

"就叫……Between，Between you and me，属于我们俩。"

他们在一座黄色外墙的小楼的对面找到了《海街日记》里香田幸与椎名和也分手的那片阶梯，脱掉鞋，相隔一阶坐下，海水一次次起伏温柔地试探着他们的脚踝。

沙滩上一群穿着棒球服的少年喊着整齐的口号奔跑而过。"你都已经知道我的梦想了，那你还有什么事瞒着我吗？"乔麦问。

海浪声清晰地拍打着听觉神经，如果季海滨不想回答这个问题，那真是有天然的好理由。

"你之前来这里的时候，是一个人吗？"乔麦又问，这次她盯住了季海滨。

季海滨可以避重就轻地敷衍乔麦，但却逃不过自己的追问，逃了太久，有时也想发一次神经，借助可有可无的酒劲儿或者眼前的良辰美景一吐为快。然而最后终究没有开口。

去年的这个时候，季海滨偶然在锦系町看到了自认为最美的晴空塔，他把照片发给许晨曦，然后坐在那附近一座街心公园的木质长椅上等她的回复，滑梯和秋千周围的孩子们追逐嬉笑，《田纳西》从耳机里渗透出来，虽然这两个地方相去甚远，但他却止不住地哭。

"一个人来这里很落寞吧！"乔麦倒出鞋里的沙子，"你说你站在林百货的楼顶觉得不该只有你一个人，而我觉得镰仓更不应该一个人来。"

"我们现在不正是两个人吗？"

山路崎岖蜿蜒，杜安宁在艳阳下找着树荫，在小小的极乐寺站外，看见了红色的邮政投递箱。

"这个车站很眼熟呢！"杜安宁说。

"这是《海街日记》里出现过好几次的那个车站。"马费说。

"我不是指这种眼熟，我是真的觉得在哪儿见过。"

"如果可以让你随意选择一个人代替此刻的我陪在你身边，你希望是谁？"马费走进站里，在长椅上坐下后问。

杜安宁在脑海中的联络簿里寻找了好久后一无所获，面露哀色地说："天啊！我不知道。"

"真的吗？"马费竟然表现出一股难以抑制的喜悦，但看到杜安宁那嫌弃的眼神后又调整回惋惜的样子，"真是太遗憾了。"

"不，你才不觉得遗憾呢！别以为我不知道你在想什么。"杜安宁针锋相对道，"我不会因为你生病就不揭穿你。"

"你真的误会了，我只是没想到你居然也找不到这样一个想陪伴的人。"

"这么说你也没有？"杜安宁说，"但我还有时间，说不定过几年就有了，你好像没什么机会了。"

"我曾经有，有很多，但都被我浪费了。"马费没有在意杜安宁的毒舌，反而心态很平常，"你确实还有时间，但千万不要因为觉得还有大把的时间所以辜负那些值得陪伴的人，如果那样的话，还不如没有时间呢！"

杜安宁起身要走，被马费叫住。马费伸出手，示意她拉自己一把。杜安宁愣了愣，走回到马费身边，以拥抱的方式将他拽离长椅；而马费先是自然地躲了一下，接着才轻轻迎合杜安宁张开的手臂，女人看到这个向来无耻无畏的男人眼中竟然闪过一丝难得的腼腆。

镰仓高校前站的闸道口至少堆积了数百号游客，他们嚷嚷着，完全不顾当地的交通秩序和宁静生态，一个劲儿地胡乱拍照，让几乎从不鸣笛的日本司机都不得不按喇叭。

季海滨像摆脱鬼魅一样把乔麦带到隔壁一条斜坡的巷口，这里的路面略有不平，虽然不如刚刚那个闸道口著名，但是安静、独立，既可以享受到每三分钟一次电车从海岸线驶过的美景，还能在不被任何人干扰的情况下继续交谈。

"你觉得……男人和女人之间，会有纯友谊吗？"季海滨问。

乔麦咬着嘴唇想了想，坚定地说："有。"

"这么肯定？"

她点头，补充了一句："越丑越纯。"

本着"来都来了"的精神，季海滨和乔麦各花300日元买了长谷寺的门票，幸运的是，今年紫阳花的花期格外延长，整座寺庙仿佛被泡进了颜料盒中，大块的蓝色与绿色相间，汇集在走道两侧的翠竹前。那些在民间传说中代表悲伤的两千五百株花朵长满整个山坡上，为慕名而来的人们传达着喜悦。

在沿着石阶登顶的途中，乔麦找到了那三个靠在一起的小地藏，她告诉季海滨，这三个小地藏是保良缘的。

蝴蝶和蜜蜂穿梭在花丛、植被和观音像之间，观景台已经没了空位，从空调扇里吹出的水珠和冷气很快就被酷热中和，迫使早到的游客们躲在一张张巨大的遮阳伞下用章鱼小丸子配着寺里特供的咖啡悠闲地聊天休憩。

乔麦好像一点都不担心被晒黑，站在毫无遮蔽的栏杆前看着山下的稻村崎海滨公园说："你刚刚那个问题的意义是什么？是指你和那个认识很久的女人吗？"

季海滨不知道在观音和良缘地藏面前聊这个会不会不妥，他迎着光看着乔麦，乔麦比他更有耐心，义无反顾地盯着他，他知道乔麦料定自己会坦白。

"不能简单地称那个人为'女人'。"季海滨说。

"那该称呼她什么？"乔麦看向季海滨。

两个人没有更换角度和站姿，头上的白云从远处的树飘到了身后的殿堂建筑，季海滨无法鼓起足够的勇气坦诚相待："我在想，也许我不该跟你说那样的话。"

"什么话？"

"向你表达爱意的话。"

"为什么？"乔麦问，"因为你其实并不喜欢我是吗？"

"你为什么会这么想？"季海滨急于辩解，"我有什么言行让你觉得我不喜欢你吗？"

"有啊！"乔麦说，"从我们第一次见面开始，我就发觉你在不断地躲避着我。"

"我躲避你？"季海滨说，"我躲避你就不会再去见你，也不会坦白，让你知道我喜欢你。"

"你觉得这就是你敢于面对我的表现？"

季海滨想说"是"，但他知道这个回答肯定只会激起乔麦更强烈的不满："你可以更加明白一点地告诉我吗？"

乔麦轻轻掸去落在肩头的花絮："如果我不问，你不会告诉我你的名字；如果我不问，你也不会告诉我你的职业。事实上，即便我问了，你也没有说实话，如果不是你的朋友们提起，我就真的以为你是个'打字员'。"

"这不代表我不喜欢你。"

"这代表你不信任我。"

"我那是遵照合同。"

"你不是说合同已经到期了吗？"

"但……"季海滨被堵得密不透风。

"她知道吗？"乔麦又问。

"哪个她？"季海滨感觉自己完全招架不住了。

"你有几个她？"

"知道。"虽然嘴上说"知道"，但季海滨分不清是在为萧晓还是为许晨曦回答。

"所以，你对她是什么感情？"

季海滨转了个身，背对着山崖下的大海，不说话。

"你对我，又是什么感情？"

"我喜欢你。"

"你刚刚还在怀疑自己这样的表白。"

"我怀疑的不是喜欢你这件事，我怀疑的是也许不该让你如此清晰地知道我喜欢你，也许我该让这种感觉烂在肚子里，你不应该把时间浪费在我这里。"

"为什么？"

"因为……"真相涌入血管，回流进大脑，再通过语言神经传达给表达系统，季海滨不想再欺骗下去，"因为我……有女朋友，但我们之间的感情已经快要过期了。"

乔麦的面部表情没有任何变化，云层恰如其分地挡住烈日，她收拾了一下因汗水浸染而潮湿的刘海儿，重新扎好辫子，深呼吸，走到分类垃圾桶前，将口袋里的杂物丢掉，又回到季海滨身边，像一个看完参考答案后接着做练习题的学生。

"对不……"

季海滨还没能把道歉的话说完，马费打来电话，问他和乔麦要不要一起出海，因为杜安宁不愿陪同。季海滨觉得自己都快要出殡了，哪有出海的心情，一口拒绝了马费，在对方说完那个"F"开头的英文单词前挂掉了电话。

"为什么一开始不告诉我？"乔麦问，"我记得我问过你。"

"我没想到事情会发展成这样。"季海滨说，"当我们第二次见面的时候，坐在那家自助饮品店里，我没想到会滞留在你家，没想到在第二天分别的时候会那么难受，更没想到这种难受会变成一种无可复加的思念，所以我不知道该怎么做，我明白这种隐瞒是绝对的错误，我一直在找合适的机会向你坦白。"

"原来那次是我想多了，空杯子就是空杯子，才不是什么'无'的回应。即便没有空杯子，我也可能把你的沉默当成'无'的回应。毕竟动了心的人啊，总喜欢自欺欺人。"

乔麦说完朝下山的石阶走去，季海滨傻了几秒钟后才反应过来快步跟上。

往来于镰仓和藤泽之间的江之岛电车里挤满了拿着一日通票的游客，他们少说坐了三四趟，不忘在途中的每一站打卡拍照，然后利用乘车的时间疯狂修图，过足了《灌篮高手》的瘾，也赚够了社交圈里的赞美。

季海滨和乔麦站在车尾右侧的门旁，窗外大海中星星点点的冲浪者在翻滚的浪花中披荆斩棘，铁轨旁的长枪短炮则把车厢里的人拍进了故事中。

穿过镰仓站凉爽的地下通道，季海滨想叫乔麦一起吃点东西，但不止小町通入口处的麦当劳和山崎海鲜港寿司店座无虚席，整条商业街都人满为患，当地人跟游客一起开心地凑着热闹，每个人手中都举着千奇百怪的零食，油腻腻地将那些五花八门的手工艺品店堵得水泄不通，只可惜这拥挤的人流没能顺便带来夏风，导致那些挂在屋檐下的风铃像是忘记载入音频文件的幻灯片似的一声不吭。

沉默地走了二十分钟后，两人来到鹤冈八幡宫外。

"你们认识多久？"乔麦问，并朝着宫内走去。

"十……十六年。"

"果然是一个认识了很久的人呢！"乔麦苦笑道，"所以你不可能离开她对吗？"

两三只乌鸦"呱——呱——"地落在树梢上，抖动着乌黑的羽翅，像是在做交配前的竞争或炫耀。相较而言，无法回答乔麦提问的季海滨简直逊毙了。

"那你之前问我关于男女纯友谊的问题又是什么意思？你可别告诉我你们之间的关系是靠友情维系的。"

季海滨避开一队旅行团，等周围清静下来后说："好像还真的是在靠友情维系呢！"

"不要钱哟！"马费占了大便宜似的兴奋地告诉杜安宁，"船家说可以带我们出海转一圈，你真的不一起来吗？"

"我不去。"杜安宁说，"我很怕水的，别说这渔船了，我连游轮都不上。"

"你怎么跟季海滨一样？但……把你一个人丢这儿我不放心。"

"你顾好你自己就行了，我去找点东西吃。"杜安宁说，"季海滨那个没良心的，见色忘友，到现在居然一句话不跟我们说。"

船家在催，马费答应了一声后看着杜安宁："他不想写那些东西了，你别再逼他了。"

杜安宁摆摆手："你快去吧！回来后给我发消息，我不会走远的。"

"你不爱她了吗？"

季海滨和乔麦把神宫绕了一圈，特意找了条没什么人的孤僻小路，但并不知道这条路能否将他们带回镰仓站。

"我回答不了这个问题。"季海滨说，"因为我现在分辨不清这种感觉。"

"这没有什么难的。"乔麦说，"爱就是爱，不爱就是不爱。"

"我不能否认对她的感情，我们相处了十五年，这不是一件容易的事，虽然过程并非一帆风顺，但至少我们坚持着……但渐渐，我觉得有了问题。"

"什么问题？"

"很难描述，就是一种渐行渐远的感觉，在很多细小的事情上我感觉到了一种前所未有的分裂，但我也在怀疑，这是否只是我个人的问题，所以我没法跟她交流，而我记得之前我和她是可以聊任何话题的，然而我现在害怕面对她的提问。"

"就像害怕我的提问一样是吗？"乔麦问，"那是因为长期生活在一起产生了倦怠感吗？"

"我确定不了答案，所以我回答不了你。"季海滨说，"如果哪天我知道了答案一定告诉你，可以吗？"

"你确定会有找出答案的那一天吗？"乔麦问，"你想要我等你到哪天？"

一辆白色家用面包车打着右转向灯从前方的庭院里小心驶出，院内的植物被修剪得整齐有序，从院门到民居的建筑主体间有一条铺满鹅卵石的蜿蜒小径，尽管天色透亮，但地灯已经打开。围墙外掉落着几颗橘子，和路牙、排水渠边成片熟透的桑葚一同被行人踩烂。

"你不用在意我的想法。"季海滨说，"喜欢你是我的事，但我现在的状态显然不正确，你没有义务要和我一起承担。"

"这不是义务，这完全是因为我也喜欢你。"

"这样的我你也喜欢？"季海滨觉得如果自己是个女的，都不见得能喜欢自己这样的男人。

"你突然说出这样的事，确实会让我很措手不及，但这影响不了我喜欢你，不过，我无法保证自己能接受你的状况。"乔麦说，"我不想在这种状况下和你有进一步的发展，你明白吗？"

"当然。"

这条小路将季海滨和乔麦带偏了，他们花了三倍的时间才回到镰仓站；想起这一天还没吃什么东西，便找了一家主营荞麦面的店走了进去。

"终于和乔麦一起吃荞麦面了。"季海滨的笑话和店里冷清的气氛一样令人尴尬，他将菜单递给乔麦，"我点和你一样的就行。"

乔麦招呼服务员过来，迅速点完菜。

"点了什么？"季海滨问。

"一份冷荞麦面和一份天妇罗拼盘。"

季海滨还在翻着菜单兴致勃勃地等乔麦继续说下去，没想到这就没了："就一份？肯定不够吃吧！"季海滨说着又拿起菜单，看着配图说，"就这么薄薄的一层面，和两根炸虾、几片炸蔬菜，怎么可能够吃呢！"

"先吃完再说吧！"乔麦夺走菜单，放回架子上，"她是一个什么样的人，可以告诉我吗？"

"她是……"手里没了东西，季海滨觉得无处着力，便握住装着冰水的茶杯来回搓，不知该从何评价萧晓，"她是一个很上进的人，很早就明白未来的一切都需要靠自己的努力去实现，所以在学生时代成绩很优秀，进入职场后也很认真地工作，这在她看来是必需的，不是什么值得夸赞的品德。"

"她跟你有着同样的兴趣爱好和理想，对吗？"乔麦问。

"我觉得是，否则，我们不会在一起那么久。"季海滨不小心将杯里的茶水溅到桌上，又用手指抹去，"我们读一样的书、看一样的电影、去一样的地方，尽管在某些观念上并不完全统一，但我觉得，我有任何事都能跟她说。"

"也包括我们的事吗？"

服务生端上了和照片里一样的食物，乔麦分了一大碗给季海滨，帮他把面泡进加了芥末的酱油中："别想了，我就随便问问。"

"也许会吧！"季海滨看着碗里的那点面笃定地说，"这肯定不够吃啊！"

"呃——"季海滨打着饱嗝儿，不好意思地偷瞄乔麦。

乔麦看着电车进站，另一侧的车门打开，又是一批沉沦在现实与虚构中不得脱身的游客兴奋地把镰仓站填满。

"你很爱她，只是你自己不知道。"她说。

"我对她的爱是一种广义上的'爱'。"季海滨说。

乔麦无奈地笑道："我会给自己一段时间来忘记你，我原本以为应该给我们一个机会，但现在看来没有必要了。"

季海滨找不到留下乔麦的理由，这时杜安宁打来电话，用一副焦急万分的口吻，说着马费不见了，而她听不懂日文。

杜安宁把电话交给船家，季海滨也不懂日文，只好又拜托乔麦，乔麦拿着季海滨的手机听了一阵，僵直住，连季海滨叫她上车也没反应。

"怎么了？"季海滨问。

对方已经挂断，乔麦还死死地抓住手机，全身哆嗦着。

"你没事吧？到底怎么了？"

乔麦抬起头，战战兢兢地说："季海滨，你那个叫马费的朋友，坠海自杀了。"

水警和渔船在马费坠海的区域内搜寻了整整一个晚上也没能找到尸体，船家一个劲儿地向季海滨等人道歉，说马费一分钟前还在说着荤段子，一分钟后就跳进了海里，实在防不胜防。

季海滨和杜安宁、乔麦一起坐在七里滨的沙滩上等到日出，海面上的雾气渐渐散去，江之岛和更远方的富士山在清晨第一缕阳光的照射下清晰可见。

"我应该跟他一起去的。"杜安宁抱住季海滨的肩膀忏悔道，"我不应该拒绝他的。"

"这怎么能是你的错呢？"季海滨接过乔麦递来的手帕擦干杜安宁的眼角，"就算我们所有人都在场，也阻止不了他。"

"他有留下什么吗？"杜安宁问。

"没有。"乔麦说，"我问过船家了，马费他没有留下任何东西。"

"他还有亲人的对吧？"杜安宁说，"我们怎么跟他的亲人们解释呢？"

"实话实说。"

回到东京后，天气一直不佳，闷热却不下雨，空调整日整夜地运行，只能躲在屋子里不外出。

季海滨把马费自杀的消息告诉了他母亲，并将那两份确诊书传了过去，他有想过回去当面解释，但终究不如马费那么有勇气。

马费母亲的冷静出乎季海滨的预想，杜安宁提醒他这可能只是一个母亲在得知失去儿子后第一时间里最无声的悲痛。

乔麦的信息中止在三天前安全回到家后的告知，此后没有任何联络或社交状态的更新；季海滨很想主动询问，但不知能说什么。

一周后，终于下了场大雨，世界瞬间清新。杜安宁突然收拾起行李，季海滨记得她来的时候只带了一只小登机箱，但现在居然又多出两只超大号箱子，里面塞着满满的物品。

"对不起啊！"季海滨帮忙把杜安宁落下的一些化妆品装进洗漱包里。

杜安宁不明白这冷不丁的道歉，以为季海滨做了什么亏欠自己的事："干吗道歉？还道歉得这么诚恳。"

"没能帮你完成你的工作。"季海滨说，"我真的做不到，我不想写那些东西了。"

"没关系，都不重要了。"杜安宁来回拨弄着拉链，"现在想想，马费生前跟我说的最后一句话，就是拜托我不要再逼你。"

"他当时一定很痛苦。"季海滨说，"还有作品没有完成就选择结束生命，这对他来说是无法接受的，所以那种疼痛感一定是到了忍无可忍的地步，他不是一个胆小鬼。"

"他当然不是胆小鬼，他用最马费的方式给自己的人生画上句号，说实话很酷。"

杜安宁没有让季海滨送自己去机场，她觉得怎样开始最好就怎样结束；临别前又问季海滨该不该和那个男人彻底断了联系，季海滨直言自己没有指导他人的资格，因为在另一个剧本中，自己就是不折不扣的"那个男人"。

　　一屋子人走得干干净净，有些还能回来，有些再也不在。季海滨看着马费遗留在电脑里的文档，不知道该从哪儿下手，突然想见一见乔麦，但始终没有收到她的回信。

　　完全不考虑面子的季海滨隔了一天又拨了语音呼叫，依然无人应答。这时他想起上一次回国前夜自己睡在乔麦家的地板上，两人几乎聊了一夜，第二天醒来时乔麦在那狭小的厨房做早餐，再然后，就是那座立交桥下的公交站，他以为再也不会见到乔麦，现在看来，怕是要成真了。

　　然而所谓生活就是上帝给你关上一道门后也会为你打开一扇窗，只是不知道窗户打开后飘进来的是沁人心脾的花香还是 PM2.5。就在季海滨准备凭记忆去浦安找乔麦的时候，突然收到新闻推送，说"七少爷"重出江湖又开始了新的连载，关注人数再创新高。他连忙打开链接，进入小说的连载页面，发现果然是自己的账号发布了更新，但内容显然不是自己所创。

　　季海滨给王主编打了十几个电话后对方才懒洋洋地接听，当被责问为什么要盗用账号伪造小说时，王主编直接传来合同的照片，上面的签名足够以假乱真。

第六章

　　刚从飞机上下来的乘客像是因长期未清理淋浴间而积攒下的毛发，在地铁入口处排起长队，黑乎乎一团；工作人员绝不出手帮忙，只会嚷嚷"逢包必检"的口号，他们神情严峻、如临大敌，对那些越是穿着体面的乘客越大呼小叫，优越感如同外面跑道上起飞的客机腾云驾雾般滋长，一解终身碌碌无为的乏闷。

　　家里多了几件新添置的可有可无的装饰，这是萧晓多年来的习惯，她觉得在两个人的长期相处中，新鲜感十分重要，尤其对于男人而言，所以每当季海滨离家，她都会在这段时间内简单地重新布置一下各个房间，哪怕只是左右调换先前的陈设，总之，她希望他在回到家的那一刻能产生一种因陌生感带来的激情；但这一次，她被拒绝了。

　　季海滨将主编拍给自己的合同照片放到萧晓面前，在桌子对面坐下后质问道："你签的？"

　　萧晓看了眼手机，喝着果汁若无其事地说："是啊！"

"为什么？"

"因为我觉得我在做一件正确的事。"

"伪造我的签名？"

"创造你的未来！"

季海滨没想到萧晓居然反客为主："你说什么？"

"你被自己一时萌发出来的情感冲昏了头脑，理想、事业、人生意义，这些睡觉前随便想想的东西你却当真了。"萧晓说，"我们在一起这么多年，我有义务拨乱反正。"

就在手机因长时间未操作即将锁屏时，几条连着的信息闪了出来，萧晓看到"许晨曦"这个名字，顺手点开信息——一组风景照后跟着一张自拍，告诉季海滨今天天气极佳，自己在爬山，爬完山准备去胡同里吃烤鸭。

"这是什么意思？"萧晓将手机推还给季海滨。

"什么什么意思？"

"你还跟她保持着联系？"

"我为什么不能和她保持联系？"

"爬个山、吃个烤鸭还要发自拍给你，你觉得没问题？"

"有什么问题？"季海滨反问道，"你又不是不认识她。"

"我认识的人多了去了，难道都可以跟你这样吗？"

季海滨觉得自己被带偏了："等一下，现在变成批判我了是吗？你在没有告知我的情况下冒充我的签名，同意让枪手代笔，还被你冠以'拨乱反正'的名号，你觉得我该谢谢你是吗？"

"你以后会感谢我的。"萧晓起身走到水槽前，将装果汁的杯子洗净。

"我觉得我们应该好好想想了。"

"真的吗？"萧晓问，"就因为这件事？"

季海滨看着窗外，对面新开楼盘的售楼处已经开业，贴着广告和购房热线的热气球像一颗迟迟未爆的炸弹。已经被调成静音的手机又亮了一下，还是许晨曦的信息，很短：我离婚了。

"前方到站，终点站，北京南站，请旅客朋友们……"

季海滨看到自己的新小说已经在短短一周内更新到了第十章，不得不说，现在枪手的水准比以前好太多，尤其在迎合市场方面比他这个原作者强多了，难怪主编和萧晓都喜欢。

列车逐渐减速，他摘下耳机，将垃圾袋递给乘务员，看着许晨曦发来的定位以及随后的一连串念叨，这个女人觉得季海滨都来过好几次了居然还不记得地址，这显然是故意的。

季海滨认可许晨曦的评判，自己确实是故意的，但不是故意问她地址，而是故意不记住那个地方，他不认为自己有资格记住。

前两天决定要来北京时，许晨曦嚷嚷着一定要带季海滨去吃那家胡同里的烤鸭，但到了今天，又临时改为在家了。许晨曦说要亲自下厨，让季海滨享受一下连"前夫"都没享受过的待遇。

"你是不是对他太苛刻一点了？"

季海滨读着之前和许晨曦的往来信息。

"所以他出轨就是正确的吗？"

"你有跟他好好谈过吗？"

"没有，我接受不了背叛。"

"你难道没有背叛过他吗？"

"季海滨，你觉得我那是背叛吗？"

许晨曦已经准备好了所有的菜，拍了张照片传给正在地铁上晃来晃去的季海滨。得知他至少还要一个钟头才能到，她顿时怒了，不明白为什么不直接坐出租车。季海滨说等出租的人实在太多，还不如地铁，但事实上他根本没去出租车等候区，他只是想拖延到达许晨曦家的进程。

这套昂贵的住房和上次来时有了明显的差别，男主人的一切都被清理，原本挂结婚照的白墙上留下一个光秃秃的空洞，季海滨说早知道就带几张电影海报来了。

许晨曦倒上两杯红酒，还没喝就像已经醉了似的问道："你希望我坐在你对面，还是你旁边？"

"你是主人，这话该我问才对吧！"

"那我希望……你坐我对面。"

季海滨耸耸肩，恭敬不如从命地坐下。

"我觉得你喜欢这样。"许晨曦说，"有一点距离是最美的。"

"所以，你决定了？"季海滨问。

"是不是我不告诉你我离婚了你都不会来？"许晨曦喝了口酒，

杯口上留下浅浅的红色唇印。

季海滨知道再说下去肯定得中套，干脆大口吃起菜来，止不住地夸赞许晨曦厨艺大涨。

"我看到你又开始连载新小说了。"许晨曦说，"所以，你妥协了？"

"没有。"季海滨坚定地说，但又不想讲明实情，"马费……去世了。"

"所以你觉得孤单了？想回到舒适区？"

"你为什么每次跟我聊天都那么咄咄逼人？"季海滨感到不悦，"我们就不能单纯地吃一顿饭吗？"

"成年人的世界里是没有单纯的。"许晨曦一饮而尽，盯着季海滨的酒杯问，"你不喝一点吗？"

季海滨同样一口喝光杯里的酒，惹得许晨曦哈哈直笑："我们是不是很久没有坐在一起喝酒了？上一次是在……"

"上海的那家西餐厅里。"

"我们一人一瓶对吗？"

"红白各一瓶。"

"我喝醉了，对吧？"

季海滨起身帮许晨曦倒酒："你那是装的。"

许晨曦板起脸："你怎么也咄咄逼人了？"

"我只是说事实。"

季海滨还没坐下，许晨曦就把他刚倒的酒喝光了，晃着空杯说：

"再多来点。"

眼看季海滨不为所动，许晨曦不耐烦，自己抢过酒瓶，几乎倒满："你别不让我喝……有些话，喝醉了才能说；有些事，喝醉了才能做；有些人，喝醉了才能爱，你还记得吗？"

阻拦无效，看着这个认识了十几年的女人咕嘟咕嘟地将满杯红酒喝下去，季海滨却突然想到乔麦，从认识的那天起，他们从未如此长时间地失联过。

"你在想什么？"许晨曦问，"想那个日本的女生吗？"

"呵呵——"季海滨学着周星驰那种夸张的口气说，"真乃'生我者父母，知我者晨曦'啊！"

但许晨曦明显不认为这是个好笑的梗："你居然真的会在和我吃饭的时候那么认真地想别的女人。"

"我不是故意的，就是突然想到她……"季海滨顿了顿说，"我坦白了。"

许晨曦有些意外，努了努嘴，没事人似的将几盘有些凉了的菜逐一放进微波炉里加热："然后呢，她什么反应？"

"很平静。"季海滨说，"比我想象的平静，平静地……离开了我。"

"啪！"微波炉里发出崩炸声，继续运行着，嗡嗡作响。

"你不应该告诉她的。"许晨曦说，"有的时候，女人需要被骗一骗。"

"但不是被我骗。"季海滨说，"她需要知道实情。"

"那萧晓呢？"许晨曦问，"你打算也向萧晓坦白这件事吗？"

"新的小说连载，是她冒名签的合同。"季海滨说，"她都没告诉我。"

"叮！"菜的香气从微波炉里传出，许晨曦在找隔热手套，季海滨直接打开微波炉将盘子取了出来。

"这么说来，你们还真是天生一对呢！"许晨曦调戏道，"我说什么来着，成年人的世界里是没有单纯的。"

"往往越是这么说的人越单纯。"

"你说我单纯？"许晨曦这回是真乐了，"你让我怀疑我们是不是真的认识了十几年。"

"你没有你想的那么复杂。"

"真的吗？"许晨曦走到季海滨背后，贴着他的耳朵说，"告诉你一个小秘密……我已经报复过他了，但他还不知道。"

"什么意思？"

许晨曦淡定地说："我找到一个看起来还不错的，其实也没有那么不错，我们去了酒店，而我老公就在酒店大堂里等着。我让他等了足足四个小时。"

"我不相信。"季海滨喝了口酒说，"我真的一点都不相信你说的话。"

"我到底该说你了解我呢还是不了解我呢？"许晨曦也为季海滨倒了酒，"四个小时后，我和那男人下来了，他还等着，我问他，什么感觉，他盯着那个男人，问我是不是够了，这个时候我才告诉他，我和那个男的在房间里什么都没干，那个男的……不喜欢女人，所以，我只是想让他身临其境地感受一下我的痛苦。"

"那你是原谅他了？"

"他对我感恩戴德，为了弥补我，把房产和存款都转移到了我的名下。"许晨曦回到自己的座位上，拨弄着筷子，"然后……我拿着证据跟他离婚了。"

"所以拿到房子和钱，你心态就平衡了？"

"为什么不平衡呢？况且……"许晨曦说，"他根本不知道，那个跟我去酒店的男人，不是同性恋，而且我们早就上过床了。"

"为什么要告诉我这些？"季海滨问，他现在认定许晨曦不是在开玩笑了，尽管他们从十几年前就要好到绯闻频发，但说起如此私密的话题却是头一遭。

一阵闷雷吓醒了床上迷迷糊糊的两个人，周围阴暗下来，整个天空被一块仿佛烤焦了的布朗尼似的乌云塞满，夹着雨点的风强劲无比，像是要把纱窗和墙体撕裂。

许晨曦下了床，将窗户关上，屋子里顿时安静了许多，之后她走回床边，在季海滨身旁坐下，轻轻抚动着男人的头发，问："睡得可好？"

"我以为到了第二天。"季海滨说，"我们喝了多少酒？"

"其实就一瓶。"

"我记得我们的酒量不止这一点吧？"

"想醉，喝再少也能醉。"

季海滨撑着身体坐起来："我该走了，我不能继续待在这儿。"

"你不想知道为什么吗？"许晨曦问，"为什么要告诉你那些事。"

"是啊，为什么？"

"因为我决定放下你了。"许晨曦说完长出了一口气，一头栽倒在床上，轻松极了，"我终于说出来了。"

"对不起，这样的话不该让你一个女生来说。"

"我们都醉成那样了，你居然也不碰我。"许晨曦歪着脑袋看季海滨，"别跟我说因为你还不是单身，千万别。"

"我从来都没有骗过你，但这真的是一件很奇特的事……"季海滨说，"仅仅是第二次见面，我和她就有说不完的话题，所以第三次见面后才会一直聊到深夜，错过了末班车，跟着她前往那间狭小的公寓；而第四次见面时就开始畅想遥远的未来，仿佛一切都理所应当，仿佛我们永远不会分别也不曾分别。我想，之所以如此奇特，究其本源，可能是在第一次见面时我就已经不自知地爱上了她。"

"你确定吗？"许晨曦问。

"不，但我能确定的是，比起失去她那一刻的悲伤，更大的无以复加的深痛在于记住了不想失去的一切，就像现在的我，记住了那间海乐一丁目的小小的公寓，记住了玄关上摆放钥匙的布篮，记住了那台声音很响的老旧洗衣机，记住了煮火锅的燃气瓶，记住了冰箱上过期的台历，记住了浴室里随时会掉下的差劲的布帘，记住了冷热水相反的阀门，记住了阳关穿透窗户照在地板上的温暖，记住了她强迫我吃下我不喜欢的蔬菜……"季海滨说完紧接着又问许晨曦，"你吃过荞麦面吗？"

"没有……"

"我也只和她一起吃过一次，那种冷荞麦面，蘸酱油和芥末，我觉得我跟她的状态就像吃荞麦面，明明没有吃很多就感觉很饱，就像明明没有认识很久就感觉很喜欢。"

"所以，认识太久，反而是一种罪过。"许晨曦落寞地说，"那你现在打算怎么办？"

"她已经不理我了。"季海滨说着翻出手机里的通信记录，"你看，我给她发了那么多信息，她都没回复过我。"

许晨曦嫌弃地避开手机上的对话，又给自己倒了半杯酒："我没兴趣看你们打情骂俏。说实话，你如此不懂女人心还能一边搞创作一边招蜂引蝶，堪称奇迹。"

这话简直就是裁员大会上发出来的招聘信息，又像是颁发给竞技比赛中落败一方的"公平竞赛奖"，让季海滨听不出是表扬还是贬低："哇哦 —— 想说什么就直说。"

"你不知道女人都是口是心非、表里不一的吗？"许晨曦开课似的说，"她行为上不理你，心里就是在想念你，越是不理你，就越是想念你。"

"你们女人都这么变态的吗？"季海滨觉得需要打个折扣去相信女人说的话，"还是就你是变态？喜欢和男人们斗智斗勇。"

"哈——"许晨曦沧海一声笑，"你想，如果你对她来说只是泛泛之辈，她用得着这样躲你吗？"

"所以……"季海滨听出了点门道，"我们俩这么毫不遮躲，是因为彼此是泛泛之辈？"

"我们不同。"许晨曦说，"你明白我的意思。"

"你指道德或者选择方面的困境？"季海滨问，"我没有，我觉得我没有私德方面的选择困境，我只在乎公德。"

"回来的时候告诉我，我来接你。"许晨曦将车停在首都机场出发层的下客区。

在快餐文化的时代里，连告别也快餐化，送行的人和即将离开的人下车后就拥抱，都不愿多走两步到安检口外。

"不用麻烦了，我就一个背包，再说，我可能直接飞回上海。"

后面的车开始按喇叭，许晨曦瞄了一眼后视镜，拉起手刹："下次什么时候来？"

季海滨解开安全带，推车门下车，让许晨曦降下后排的窗户，把背包拿了出来："前路漫漫，谁知道会发生什么！"

"不要一语成谶。"

得知季海滨要退租，房东看着保养如初的房子觉得可惜，自觉再也遇不到这样的高素质租客，便好心地请他多住两天，待他离开日本前再退房不迟，何必把钱送给酒店。

季海滨慢悠悠地收拾了一整天，把需要的东西都打包邮寄回国，订完返程机票后，他又给乔麦拨了语音，看着屏幕上"对方手机可能不在身边"的提示，觉得这个程序的设计还真是过分照顾用户面子，像他这种连续拨了十几次语音对方都没接的情况，就应该干脆地把"对方不愿意和你通话"说明白了。

刚挂断呼叫，萧晓来电，季海滨稍许迟疑后还是接听了。萧晓劈头盖脸地问他为什么又去了东京，以及刚刚和谁在通话。季海滨说自己只是来退掉租房，明天就回去。

随手点的菜可以随便吃，但随口问的话不能随便答，况且萧晓的脑袋也没差到忘记自己十几秒钟前的提问，又把后半段的问题问了一遍。

季海滨吃一堑，长一智，不再胡乱杜撰，怕萧晓认真到让他发截图，索性一赖到底，说没有跟任何人通话。萧晓早有预料，立刻问那为什么她刚刚一直拨打不通。季海滨四两拨千斤地说信号不好，总之就是没能接通，末了还反问一句这有什么问题吗。

萧晓哑口，可见女人天花乱坠的进攻往往穿不透男人轻描淡写的防御。季海滨防御成功后总觉得哪里不对，问萧晓怎么知道自己在东京。萧晓也不掩饰，说是在她手机上登录了季海滨的账号查到了他的手机在东京。这让季海滨觉得萧晓在跟踪自己，尽管技术手段极具科技感。

"我们形同伴侣般生活了这么多年，我有权知道你的行踪。"萧晓说，"你打算跟我聊隐私吗？"

"我不打算跟你聊隐私，我打算跟你聊尊重。"季海滨说，"对人的起码的尊重，这是底线。"

"底线？你放下工作把我丢在国内，一个人跑到日本租一座房子一待就是个把月，中途一个电话、一条信息都没有，你觉得这算有底线吗？"

"你的这些指控我一个都不认可。"季海滨说，"在来日本之前我就告诉过你我的安排和计划了，另外，你觉得我这是放弃工作，不好意思，我觉得这反而是一份值得追求的职业。"

"是吗，那请问你的职业成果呢？"萧晓问，"如果不是我帮你签了那份合同，你的收入就断档了。"

季海滨觉得这逻辑简直毁天灭地："你擅自代替我签合同，这已经是犯罪行为了，我以为你会反省，没想到你还一意孤行。"

"我这么做还不是为了你还有我们的未来……"

"要不我们分开吧！"季海滨打断了萧晓，"我觉得……我失去了你的支持，你也失去了我的信任，而且你已经疯了，我们分开吧。"

电话那头陷入长时间的沉寂，季海滨看了眼屏幕，信号满格，但通话已经终止，他不知道萧晓有没有听到自己最后的申明。

水壶在灶台上被烈火炙烤着，季海滨从7—11便利店买了盒装速冻烧鸟和蒙古泡面，打算用最简单的方式度过在东京的最后一晚。

看着翻滚的火苗，季海滨想到杜安宁，给她打了电话，得知她已经辞职，准备去澳大利亚，这是她第一次去南半球，也许中途会在马来西亚或者印度尼西亚逗留几天，另外，她和那个男人断了联系。这让季海滨有了不祥的预感，他很双标地赞同杜安宁的做法却不希望乔麦也这样。

"后来你们没有再联系过吗？"杜安宁问。

"我联系过她，但她没有回应。"季海滨说，"所以对你们女生而言，这就是委婉地拒绝了对吗？我不该再继续打扰下去了是不是？"

"我给你的答案是没有参考价值的，这你很清楚。"杜安宁说，"别再问任何其他女人了，每个人都是不同的。"

"呜——"水壶叫了起来，杜安宁又嘲笑季海滨居然还没换成用电的："我看到你小说的更新了，续得不错，其实我觉得这样也好，你没必要为了另一个创作放弃原本的，不用那么极端。"

季海滨没有说穿那是萧晓捣的鬼，他泡好泡面，心想如果马费在天有灵，就托个梦给杜安宁告诉她真相吧。

这碗蒙古泡面吃得满嘴火辣，季海滨找冰镇饮料未果，又去了趟便利店买啤酒，排队结账的时候收到订票网站的信息，说航班从明早十点延期至下午五点。

对于全程三个小时的飞行来说，这样的延期十分讨喜，季海滨庆幸不用早起，而不用早起又意味着无须早睡，眼看还不过八点，他觉得与其喝罐装啤酒不如……

"いらっしゃいませ！（欢迎光临！）"

季海滨第三次坐进这家居酒屋，发现前两次的老位置都被占了，顿感物是人非，一下点了两份啤酒，算是替马费喝了。

过度饮酒后，季海滨回到家倒头便睡，终于在梦中见到乔麦，弥补了现实中的挫败，但不知两人身在何处，只像是多年以后，季海滨责问乔麦为什么对自己置之不理，乔麦说这是她在强迫自己忘记季海滨，但如果季海滨真的喜欢自己，就会来找她，不会顺从这置之不理。

季海滨懊悔不已，眼看乔麦幻化，伸手想拉住她，却捞了个空。乔麦不见了，季海滨心急如焚，睁开了眼。

窗帘的下摆处亮堂堂，已经九点半，幸亏航班延期，否则就错过了。洗漱时回想起梦中乔麦的教训，季海滨觉得言之有理，简单梳理了一下头发后背包出门，直奔地铁站。

从浦安站出来后，季海滨努力回想上一次也是第一次来这里时前往乔麦家的路线，找了半个多小时，终于找到了"悟空拉面"，但站在悟空拉面的路口又不确定该往哪个方向走。突然，他想起既然乔麦如此推荐这家拉面店，想必是常客，那么店家会不会知道她的信息呢？他扭头钻进拉面店。

答案是：不——向来只有顾客记得餐厅，哪有餐厅记得顾客的。于是，季海滨又退回到了迷茫的路口。他打开手机里的地图，在南面发现了一座像个"8"字的立交桥，顺着立交桥继续往南，又看见一所大学，差不多骑车十分钟能到达，符合乔麦的描述。

季海滨一路朝南，越来越眼熟，经过"猫实"和消防局后，如愿看到了"海乐"的界牌，于是在第一道支路处拐了进去。

路灯上贴着"一丁目"的字样，但日本的住宅多为一户建，造型设计各不相同，上次来的时候是深夜，黑到什么都看不清，而且当时心情忐忑也没记下公寓的名字，或者说，季海滨根本不会想到将来有一天会独自摸索而至。

在一丁目里转了好几圈，所有的公寓建筑都是双层白色，无法区分，哪个都像也哪个都不像，只恨不能"通信基本靠吼"。

季海滨在海乐儿童公园的秋千上荡了半个小时，这座杂草丰茂的老公园因对面浦安市公园的落成而被孩子们遗忘，同时，乔麦就在附近的某个房间里，关于那个房间的记忆将永存。

时间已经不早，他跳下秋千，弯腰拿起地上的包，这时口袋里又传来语音呼叫的铃声，他打开通信软件，这一次，乔麦代替了萧晓。

跟着乔麦分享的位置，季海滨找到了那家公寓，乔麦正在楼梯处等他，他看到了停在楼梯下的那辆自行车。

"我刚看到你发来的消息。"乔麦说，"我去我姐姐那儿了，没带手机。"

季海滨跟在乔麦身后走到二层，他觉得这理由的可信度完全为零，比他骗萧晓的那句"信号不好"还要胡扯。

"我没必要骗你。"乔麦打开公寓的门，让季海滨先进去，"我姐姐身体有些不舒服，我得陪着她。"

洗衣液的香味混在从浴室溢出的水汽中格外浓郁，灶台的电磁炉边放着还没收拾好的便携式煤气罐，池子里有些蔬菜残渣和一只倒扣着的啤酒罐。

乔麦将啤酒罐拿起来，抖了抖，放进洗衣机旁的收纳袋里："你还穿这双拖鞋吧！"

地板"咯吱"一声，季海滨站在上一次自己打地铺的位置，乔麦从他身边走向阳台，拉开纱门，将衣服收了回来，季海滨看到其中有内衣，礼貌性地回避了一下目光。

"你什么时候来的？"乔麦合上阳台的门，叠着衣服问。

"一两天前。"

"打算待多久？"

"我……"季海滨觉得还是不要告诉乔麦今晚回上海的计划，"没定，都可以。"

"那你……最近还好？"

"你指哪方面？"

"各个方面。"

"我的好朋友死了，电影剧本搁置了，最亲近的人冒名签了续约合同用枪手作弊并且丝毫不觉得有任何问题……"季海滨看着乔麦挂在墙上的照片说，"所以……挺好。"

乔麦听出反语中的自嘲，笑了笑，收拾完衣服后把地板上的海绵方格拼牢，示意季海滨陪自己一起坐下。

两人靠着墙，相隔不到五厘米，吉他还在，热度和密度同时上升，暧昧的因子在不通风的小屋里膨胀，像从海底泛起的氧气泡。

"你是不是不太相信我的说法？"乔麦问。

"什么？"

"别装了。"

"我不是不相信，我只是有点……不可思议。"季海滨说，"去姐姐那儿和带手机有什么矛盾吗？"

"我走得太匆忙，就忘记带了。"乔麦说，"当我知道姐姐出事后，我什么都没带就去了。"

"你姐姐她怎么了？"

"现在已经没事了，但当时我吓坏了。你不知道，我姐姐把她所有的一切都给了我，所以，她对我很重要。"

想起自家父母辈兄弟姐妹间"相互残杀"的盛况，季海滨口是心非地说："我明白。"

"你知道，我在努力忘记你。"

"这是一件很难的事情吗？"

"我原本以为不难，毕竟我们只认识了两个月，期间不过几面之缘，但是……"乔麦看向季海滨，"当我看到你找我的信息和来电，还是忍不住要回复你。"

"需要克服很大的心理障碍吗？"季海滨问。

"是的……其实我并不知道你怎么看待我，但我想告诉你的是，我的底线没有那么低，你现在的状态我不能接受。"乔麦说，"你跟她有十几年的感情，我不相信你能……"

"我跟她说了。"

"说什么？"

"说分开。"

"什么时候？"

"昨天。"

"你……为什么跟她说这个？"

"重要吗？"季海滨反问道，"只要我和她分开，你就能接受，不是吗？"

"因为她冒名签合同的事？"

季海滨看着地板上的一块伤疤说："不仅如此，还有这十几年里积压下来的……"

"什么？"

"我不知道，描述不出来。"

"所以你不是为了我。"乔麦挺直了腰板。

"你很在意我的说辞？"

"我在意你的态度和立场。"

"我理解你的意思，但你可能不知道她的这种行为对我造成的伤害有多么巨大。"季海滨说，"她明明知道我不想接受这种操作，但她偏偏要这么做。"

"那她怎么说？"乔麦语气重新柔和下来，"同意分开？"

"她没有表态，电话正好断了。"季海滨说，"她的行为让马费的死和我的信念失去了意义，我无法……"

"你还爱她吗？"乔麦问。

"什么？"

"你听到我的问题了。"乔麦说，"类似的问题我之前问过，我知道这么问会让自己像个婊子，所以这是我最后一次问。"

季海滨摇摇头："不是那种男女私情的'爱'，我给过她机会，但真的接受不了她的这种行为。"

"你会告诉她我们的事吗？"

"你希望我告诉她？"

"我希望听你的真心话。"

"那如果……"季海滨脑洞大开道，"那如果我在回去的途中飞机失事，死了，你会去把我们的事告诉她吗？"

"你想我告诉她吗？"

"我想听你的真心话。"季海滨以牙还牙道，见乔麦在认真考虑，又说，"更改一下设定，不是在回去的途中，是在某次来找你的途中，飞机失事，我死了，你会把我们的事告诉我的家人吗？嗯……我觉得这反而是个不错的故事题材。不单单是告诉她，还有我的父母。你愿意去面对他们吗？"

乔麦去倒了杯凉水，坐回来，喝了一口："我会的。"

"真的？"

"真的。我想他们有权利知道你的事……"乔麦说完牵住季海滨的手，"而我也有资格向他们表明拥有过你。"

季海滨感受到乔麦朝自己轻轻靠来，这个女生的气息越来越近，他反而压抑起自己的呼吸，用力握住乔麦的手，以脉搏的相撞表示回应。

"在你结束现有的关系前，我们不可以……不可以有进一步的关系了。"乔麦说。

"嗯——"

季海滨没想到话题转得如此之急迫，只能先长哼一声以换取思考时间，但乔麦这话实在太锋利，如果一口回绝，那会显得自己像个禽兽；但要是一口答应，又会显得禽兽不如，总之很难不被割伤。

"我同意你的说法。"他说，"因为我决定跟她坦白这件事，我们确实不能在这之前发生更近一步的关系，那样的话我会没有底气，我的一切说辞也将全都变成借口。再说，我们又不赶时间。"

乔麦想给季海滨做些晚餐，嫌他放在地上的背包碍事，打算挪一挪，发现这背包奇重无比，不知道装了什么，打开一看，发现竟然带着洗漱用品："你都想好又要住我家了？"

"不不不。"季海滨从乔麦手中夺回毛巾和沐浴露之类的，"我怎么会笃定一定遇到你呢？"

"说的也是，那你干吗随身带这些？"乔麦半信半疑，"快给我看看，还有什么见不得人的东西。"

于是季海滨的衣物全都被翻了出来，乔麦拿起一件 T 恤闻了闻："这是女士香氛的味道吧？"

季海滨傻了，想起这件 T 恤确实在许晨曦家洗过，早知道不如勤快点自己用手洗。

正想着怎么脱罪，乔麦说："明天我给你买个男士用的，这个难闻死了。"季海滨放下心，但乔麦说完立刻觉得逻辑还是不通，又问："不对啊，你随身带着换洗衣服干吗？你就算不笃定能碰到我，那也……你就没打算回去住！"

事到如今还是不要逞强了，季海滨如实招来，说自己其实已经退了房，本来傍晚的航班回上海，但他现在不想回了。

乔麦转过身："我真不知道你哪句话是真的哪句话是假的了。"

季海滨见乔麦动了怒，连忙解释："我真不是故意的，如果一见面就告诉你我计划今晚要回上海，我怕你直接轰我走。"

"我一定会轰你走的。"

"所以我才没告诉你。"季海滨说，"我只是不想刚见面立刻又要离开你。"

乔麦拉开冰箱的门，掂量了一番后又关上："家里除了鸡蛋没食材了，而且这鸡蛋还是上个月的，所以，我们还是出去吃吧！"

这是季海滨第一次踏上乔麦每天的必经之桥，桥下是车流不息的首都高速湾岸线，站在桥上往西北看，能看见落日中的晴空塔，等到夕阳完全沉入东京湾后，塔身才渐亮，亮出白色的光圈，像科幻片中屡见不鲜的能量柱。

电车离开头顶上的新浦安站，在轰隆声中沿着京叶线朝舞浜和葛西驶去。乔麦热心地向季海滨推荐自己经常光顾的一家平民西餐厅，季海滨实在听不懂她的日式英文发音，到了店门口才发现是"萨利亚"。乔麦告诉他，这家店性价比极高，而且和她们学校的餐厅一对比，简直人间美味——季海滨没有多嘴，和大学的餐厅比，哪家店不是人间美味？

"我明天要去另一个地方开个会。"乔麦从饮料吧带回两杯杧果冰沙，"我打工的地方要换社长了。"

"换社长还需要你去开会？"季海滨问。

"所有人都要去。"

"但你不只是打工兼职吗？"

"那又如何？打工的和社员都一样需要出席。"

"为什么要换社长？"

"因为之前的社长经营不下去了呗！"乔麦说完按了一下呼叫铃，向服务员点了些吃的。

"经营不下去了，那还有人接手？"季海滨笑道，"你才去这家店多久啊，就把别人给干倒闭了。"

乔麦翻了个白眼："其实我也觉得挺可惜的，因为这家店的拉面很好吃，我还想偷师来着，不知道换了社长后会不会连菜单都换掉。"

"应该会保留吧，不然叫什么收购呢？"

"不一定啊，万一之前的社长不愿意交出秘方怎么办？"乔麦说，"拉面的秘方，还有那些做肉的秘方，都是老社长自己的工厂里出产的，新的社长只是收购了他的餐厅品牌，并没有获得那些工厂，一旦原料断货，那菜肯定得换吧？"

服务员将海鲜焗饭、意大利面和烤鸡翅等在五分钟内一并上齐，可见全世界的萨利亚都一样高效。

乔麦还嫌那碗焗饭不够黏稠，又撒了厚厚一层芝士，芝士遇热迅速化开，她舀起一勺递到季海滨嘴边。

盛情难却，桌对面的男人张开嘴，像嗷嗷待哺的幼鸟接受了喂食。

"明天会议结束后我打算跟老社长聊聊，看有没有合作的可能。"乔麦自己吃了一口比给季海滨那勺还多一倍的芝士，"你觉得可行吗？"

"当然可行，不管最终结果如何，既然你觉得有必要，就试一下啦！"

乔麦其实早就做了决定，但仍然想多个摇旗呐喊的"帮凶"："其实我听说过老社长的发家史，最初就只是一家拉面店，拉面的精华就在汤料里，这汤料是他另一个合伙人带来的，算是祖传秘方，一开始那人并不愿意跟他合伙，是他三顾茅庐后才请出山的。"

"所以你也该有三顾茅庐的诚意。"季海滨说，"让他看到年轻时的自己。"

"但那合伙人后来离开了，找了个乡下地方隐居。"乔麦吐出鸡骨头，"除了晚上营业的居酒屋，就只有这种西式简餐厅里能说说话。我有一次在这附近吃回转寿司，跟朋友聊了不到五分钟，就听见隔壁桌的一对日本老夫妻在嘀咕'中国人'什么的，其实我们说话的声音并不大，因为在用中文交谈，就以为我们是游客听不懂日文，其实年轻人还好，越老的日本人越有优越感。"

季海滨从盛器里捡出贝壳肉分给乔麦："你确实比我们前几次见面时更健谈了。"

"是不是和最初你以为的我有了很大的不同？"乔麦问，"你以为我是一个什么样的人？琴棋书画，温文尔雅，知性贤惠？"

"我记得我说过，比起这两个假大空的形容，我更觉得你是坚强且独立的，不然你不会一个人住在那家小公寓里，料理着周遭的一切，你有自己坚持的观点和信念，并且不为他人所动，我觉得这太难能可贵了。"

"感觉我已经暴露了很多。"乔麦将吃光的餐盘叠好，并用纸巾擦净了桌上的油渍——这是她打工的职业病。

最后剩下一小碗烤菠菜，她勒令季海滨吃完，这烤菠菜和国内的烧烤完全不同，白煮之后放在加热的铁板上就算烤了，无作料添加，对季海滨来说比那芝士还难以下咽。

"你今晚不回去真的没关系吗？"

季海滨洗漱完之后看见乔麦已经帮忙在地上铺好了床褥，现在不比两个月前，入秋后的夜晚凉感十足，忍不住打了两个喷嚏："有关系，但那又如何？"

乔麦看了看时间："按计划你都该到上海了，她见不着你不会问你吗？"

"问就告诉她我改变主意了。"季海滨说着蹲下身，跪在乔麦面前，"真没想到我们还能再相遇，我以为……关于你的一切都没了。"

"我就是这么打算的，我想淡出你的世界，因为只有这样才能让你淡出我的世界。"乔麦说，"我一度希望你回国后就杳无音讯。"

季海滨躺下后，乔麦吹干头发爬上"二层"，关了灯，在即将睡着的时候手机响起。

不出乔麦所料，萧晓询问季海滨的下落，季海滨说自己还在东京，萧晓又问他为什么会在一个叫浦安的地方。这让季海滨想起萧晓监控自己的行为，立刻退出了账号，但萧晓拨了视频过来，想看个明白季海滨究竟跟谁在一起。

季海滨没有应答，他看见乔麦从上面下来，穿好外套，从抽屉里拿了个什么东西握在手中，出了门。

萧晓连拨了三次后季海滨才接听，她要求他把整间屋子向自己展示了一遍，发现这公寓狭小到根本藏不了多余的人。

结束和萧晓的视频后，季海滨推开门，乔麦并不在外面的走廊里，他穿好鞋来到楼梯口，看见乔麦坐在台阶上，面朝街道，一手抱着膝盖，一手夹着细长的香烟，打火机压在烟盒上，刚吐出的烟被风吹向北边。

乔麦察觉到季海滨出现在身边，立刻将烟头在扶手上撞了一下。她知道季海滨已经全都看见了，于是为自己这个掩耳盗铃的举动感到忧伤："你不知道我抽烟是吗？"

这台阶刚好容下两人，季海滨拿起烟盒，前后打量，尽管看不懂盒子上的日文："你没告诉过我。"

"你是不是不喜欢女生抽烟？"

"没有。"季海滨把烟盒还给乔麦，"虽然我自己不抽烟，但是……"

"你不抽烟？所以我们第一次见的时候你是骗我咯？"

"骗你？"季海滨过滤着第一次见乔麦时的情形，在居酒屋的后巷，他一句话都没说，何来欺骗？

"你说你抽烟的时候听到我在打电话。"乔麦说。

"哦——对对对，我是这么说的，但那不叫骗吧，因为有些唐突，所以我就随口一说了。"

乔麦笑起来，将打火机塞进烟盒："我也不是经常抽烟的，只是在心烦或者不舒服的时候才会抽。"

"治愈效果很好吗？"

"可以暂时缓轻。"乔麦说，"我一开始只是好奇，什么都想试一下嘛！"说完巴望着季海滨。

季海滨没有告诉过乔麦很喜欢她侧眼看向自己的神情，在乔麦凝视自己的那十几秒中，他产生了一股难以拿捏的冲动，觉得乔麦正在等待什么。

"算了，你还是别试了。"乔麦收回烟盒，"回去吧！"

季海滨暗喜没有轻举妄动。

从新桥站始发的"百合海鸥"号列车穿梭在海岸沿线的楼宇和高架之间，颇像重庆的轻轨2号线。乔麦坐拥车首的景观位，越过"日出"和"芝浦码头"，扎进了碧海之上的彩虹大桥。

"现在是不是明白我的话了？"

列车在桥身中层的铁轨上与巴士竞速，乔麦读着手机里的信息，想起昨夜为了躲避一个没见过面的"情敌"灰溜溜地从自家逃跑的画面，眼前再美的风景也挽救不回涌起的酸苦。

"你还是回去吧……"这条准备发给季海滨的信息已经编辑好了两个钟头，乔麦在出台场海滨公园站时按下了"发送"。

整个转让大会持续了两个小时，老社长在讲话过程中难掩惋惜之情，几度声泪俱下；之后新社长上台，稳定军心，告诉所有员工但凡老社长承诺的福利自己都会继承，话音刚落，就有无数正式社员争先举手，询问保险之类的事宜……

乔麦只是兼职，干等到会议结束，拦住老社长，袒露了自己对他家拉面的热爱。日本人确实吃这一套，抗拒不了仰慕者的诚恳，就像抗拒不了战败者的自尽，特别是日薄西山时的英雄惜英雄，不带犹豫地留了张名片给乔麦。

季海滨的回复一直没来，乔麦回到浦安后故意推着自行车往家走，担心到家时季海滨还在，但更担心他不在；途中给老社长打了电话，对方告诉她，当年的合伙人叫田中一郎，听别人讲，田中在札幌开了一家小面馆，自己曾经去过一次，找了好多天但失败了。

公寓的门没锁，屋里也没有季海滨的身影，乔麦觉得这男人真是和自己想的一样，能够接受任何意见，如果不是因为要把租房退了，根本不会来东京找她。

她脱掉鞋，光脚走进公寓，将布包丢下，却看见季海滨的背包还在，打开包，里面插着护照。

"你在找什么？"季海滨的声音从门口传来。

乔麦吓了一跳，回过头看见季海滨提着一只装满食材的塑料袋："你去……买菜了？"

"尝过你的手艺，也该投桃报李一下吧！"季海滨边说边把食材取出来放进水池，看了看时间，"10分钟后开饭，米饭我已经煮上了。"

"你没收到我发的信息吗？"乔麦问。

"看到了。"季海滨开始切菜，"但我想起一个朋友的教诲，她告诉我女生的话都是反的，我想验证一下。"

乔麦帮忙将那些被去了头的虾从保鲜盒里倒出来，季海滨让她安心歇着，因为这些虾不用清洗，否则下锅后就会炒出很多汤水从而稀释了酱料，对于一道泰式咖喱虾来说，这是大忌。

"你还有这技能？"乔麦听季海滨说得头头是道，觉得这男人有太多自己不知道的面。

椰浆下锅，爆炒时被抑制住的咖喱味顿时散发开来，乔麦打开窗户推开门，恩泽一下街坊邻居。

锅里浓汁翻滚，季海滨用筷子顺时针搅拌："有跟你们的老社长套到近乎吗？"

乔麦从包里拿出名片："我下电车后跟他通了电话，他告诉我，之前的合伙人在札幌开店，但他去了并没有找到。"

"那我们去札幌。"季海滨熄了火，把菜盛出来，擦净餐盘边缘的油渍，递给乔麦。

乔麦尝了一口季海滨的作品："味道真的不错呢，你在哪儿学会的？"

"我去泰国旅游的时候看大厨做过几次，看着看着就学会了。"季海滨说，"但也只会这一道菜，其实一点都不难做。"

乔麦把汤料泡进米饭里："我觉得比日本的咖喱好吃多了。"

"如果这些虾的头部没有被去掉的话，虾油会被炒出来，那样味道更好。"季海滨打开一罐啤酒，心满意足地坐在旁边，"如果你想去的话，我可以陪你一起去，现在去北海道一点都不冷，正是好时机呢！"

"但是……"乔麦擦了擦嘴角，"我们的时机不好。"

"我不这么认为。"季海滨虽有醉意但很坚定，"虽然这么说很俗气，但我觉得，任何两个人的相遇，都是在一个最好的时间，如果结果没那么好，只能说他们在相处过程中犯了错，跟时机无关。"

"等你结束现在的关系，我们再去规划属于我们的。"乔麦说，"否则我真的做不到。你难道不明白这种感受吗？如果我明知你……你知道这意味着什么吗？我有的时候宁愿你没有告诉我这个事实。"

季海滨喝完罐里的酒，想起冬天在老家那晚自己回复许晨曦的话："我当然知道这意味着什么，我会尽快结束的。"

"不用快。"乔麦说，"我要你想清楚，而且，我也要想清楚。"

晚霞染红天空，像一只煎蛋的蛋黄流到蓝色的盘子里。乔麦陪季海滨从新浦安的机场巴士站上车，沿着三天前来时的路去羽田。

过了暑假的旅游旺季后，出发层里只有飞夏威夷的值机柜台前排起长龙，那些穿着人字拖、露着棕色皮肤、习惯了阳光与沙滩的日裔像是即将产卵的大马哈鱼一心一意要在入冬前回到温暖的热带。

二楼名为"江户小路"美食街呈现出廉价的时代感，满足着世界游客对日本的幻想，可惜同样门可罗雀，季海滨和乔麦选了一家看起来品相最好的寿司店，坐在直面厨师的吧台边，除了厨师和服务员外就他们俩。

头发花白的老师傅每捏好一枚寿司就会及时献上，季海滨吃完五枚后发现乔麦的那份竟一口未动——她的心思全扑在手机里的那封电子邮件上。

"是不是耽误你什么事了？"季海滨问。

"啊！没有。"乔麦回过神，放下手机，吃了一枚金枪鱼寿司，"是找工作的事，我之前面试过几家，但都没能获得内定。"

"所以你得继续找下去是吗？"

"是啊，但如果在毕业前没法获得工作，往后就很难了。"乔麦说着竟然笑起来，"我看到群里有其他人也没能获得内定，还有一些已经毕业一年的，一直在打零工，如果再找不到正式工作签证就到期了，就得回国。所以有些女生在开玩笑，说干脆找个日本老头嫁了，弄个家族签，慢慢找工作，或者待满五年好像也可以拿日本的永居。"

"这就跟找老美结婚拿绿卡一样。"季海滨有些不解，"但，为什么要找日本的老头呢，年轻人不好吗？"

"日本的年轻人都不跟自己人结婚了怎么会找中国姑娘呢？"乔麦喝了口热茶，"再说，这种结婚是不会发生关系的，都不会住在一起，只是为了拿签证，所以还会给那些老头一笔钱呢！"

"那就是彻头彻尾的'假结婚'了。"季海滨说。

"嗯哼！一个为了签证，另一个为了钱，各取所需。"乔麦说完把剩下的几枚寿司一口气吃光。

季海滨看着杯中的抹茶粉沉淀到杯底，"假结婚"三个字萦绕在脑海中，他突然觉得这件事不论过程还是结果未必只是乔麦形容的那样。

"虽然在现实中不太可能，但这不失为一个好的故事素材呢！"

季海滨说，"大学刚毕业的女生和老头，这个确实有点难以接受，不过稍微修改一下，把男方的岁数降低一点，那这对男女会不会'假戏真做'地产生感情呢？"

"你又进入自己的臆想世界了是吗？"

"我只是觉得这个题材既有现实意义，也具有故事性，我很有兴趣。越是格格不入的男女越有产生爱情的可能，或者说，观众们喜欢看不可能变可能的情节。"

乔麦看了看时间："那你可以在飞机上好好想想这个故事。"说完招呼服务员埋单。

国际出发的安检口外倒是不少人，乔麦没法继续送行，季海滨想再说点什么临别的话语，但终究还是简化为了一个拥抱。

在随着人流走入安检门时，他回头看了看，乔麦正孤零零地缓缓走向那烟雾缭绕的吸烟室。

第七章

过了海关，季海滨想给乔麦打电话，但不知道接通后能说什么，他发觉自己如同偏离轨道的卫星距离乔麦越来越远，已经搜索不到乔麦随身 Wi-Fi 的信号。

飞机离开栈桥，季海滨正打算关机，许晨曦发来语音通话，急吼吼地问他在哪儿。季海滨说正从羽田起飞，三个小时后抵达浦东机场。

许晨曦立刻订好机票，约在浦东机场见。季海滨本就深陷在萧晓和乔麦的旋涡中无处着力，现在许晨曦又搞了这突如其来的一出，更心烦意乱，想问详细些，还没开口空姐就过来提醒他该把手机调成飞行模式了。

引擎开始加速，机身颤抖着在跑道上滑行，巨大的推背感传来，季海滨想到跟乔麦开的那个玩笑，如果飞机真的失事，她会去找自己的家人告诉他们这段"不光彩"的恋情吗？

许晨曦已经在星巴克里喝了两杯拿铁，季海滨看到她连小型登机箱都没带，像是来京沪机场一日游的。

"晚上住哪儿？"季海滨问。

"你住哪儿？"许晨曦反问。

"我住……家里呀！"季海滨拿出手机准备叫辆车，"不然呢？"

"你现在还回得去吗？"

"什么意思？"

"你不是已经跟萧晓提出分开了吗，那你怎么回去住？不尴尬吗？"

季海滨觉得许晨曦管得越来越宽泛了："这是我跟她的事，就不劳你操心了。"

"天哪！你现在真的是智商、情商双掉线。"许晨曦只恨没法在现实对话中发送一个"捂脸哭"的表情。

季海滨习惯了许晨曦含沙射影的秉性："你特意从北京飞来，就为了跟我聊这个？"

"你以为我想掺和你们的破事？"许晨曦说，"我飞过来是因为你已经影响到我了。"

"影响到你？你指什么？"

许晨曦调出手机里和萧晓的聊天记录，放在季海滨眼前："她没那么傻，不会相信你会为了一份假合同就要离开她，但她也没那么聪明，居然以为你是为了我。"

季海滨看着许晨曦和萧晓的聊天记录，感叹女人的想象力在对付男人方面真是别致："你告诉她这件事跟你没关系就好啊！"

"你以为我没说吗？她不相信，她觉得我就是那个'婊子'。"许晨曦指着屏幕说，"你看，清清楚楚。"

"你放心，我回去告诉她这件事跟你没关系，我会让她向你道歉的。"

"所以，你觉得我过来是为了听她跟我说'对不起'？"

"那你到底想干吗？"季海滨看了看时间，点开订房 App，"我觉得你说得有道理，我还得找地方住呢！"

"我已经订好了。"许晨曦淡定地说，"上飞机前就订好了。"

季海滨恍然大悟。

隔壁客房的门旁亮着"请勿打扰"的字牌，里面传出某种骚动声，让许晨曦订的这间双床房像个笑话。

五十层高的酒廊里一片幽蓝，季海滨在无烟区找到两个空位，和许晨曦坐下，鉴于要讨论重要的话题，他们都点了无酒精饮料。

"你真的决定要为那个女人跟萧晓分开？"

"乔麦不是罪魁祸首，即便没有她，我和萧晓之间也是有问题的。"季海滨说，"她失去了我的信任，我也失去了她的支持，这种亲密关系已经变质了。"

"那是你太理想化。"许晨曦说，"你把两个人的关系想得太纯净，事实上这不可能，也没必要，能搭伙把日子和平地过完就够谢天谢地了。"

"你以前不是这样的。"

"你觉得你自己一直都是一个样吗？"

"大言不惭地说，我觉得是。"

"还真是够不要脸的，那结果呢？"

季海滨被问得丧失还嘴之力，幸好服务员来上酒，但他发现这不是他们点的那种。服务员解释说这是那边 38 号桌的顾客为许晨曦点的。

许晨曦顺着服务员的视线看过去，一个中年男子正盯着她微笑示意，她回过头来对季海滨笑："你看，我还是有市场的。"

"那家伙没看到你和我在一起吗？"季海滨要服务员立刻把这杯赠送的酒还回去，"也太没眼力见儿了吧，以为坐在 38 号桌上就是'妇女之友'了？"

"我可不这么觉得。"许晨曦端起那杯酒，轻抿了一口，"我觉得那人特别有眼力见儿，一眼就看出我们不是一对，并且不可能成为一对，所以为什么不大胆追求我呢？"

"你说得对。"季海滨被启迪，"所以我也该大胆追求乔麦。"

"没错，你是可以大胆追求任何一个人，但问题在于，你以何种方式结束现有的关系是最……合理的。"许晨曦往酒里添了冰块，"我觉得你没有必要坦白。"

"不坦白是过不了萧晓那关的，你也说她没那么傻，不会相信我会仅仅因为她盗签了合同就离开她，尽管这件事确实非常严重。"

"我的意思是……"许晨曦用吸管将冰块按到杯底，一松开，冰块又反弹上来，"干脆顺水推舟吧！"

淋浴间里哗啦啦的水流因为沾染过许晨曦的皮肤而仿佛具有了性别，当季海滨和许晨曦在前台登记入住时，服务生确认完他们要的是一个双床房后露出了看穿不说穿的笑，但现在季海滨坐在椅子上，看着许晨曦床上的内衣，丝毫没有冲动。当水声渐弱后，他走到淋浴间外，敲了敲门。

"没有锁。"许晨曦说。

透过门上的磨砂玻璃，能看到女人赤裸的身体。

"我可以隐瞒，但不能欺骗。"季海滨说，"你的好意我心领了，但我做不到。"

"她真的有这么大的魅力吗，还是应该称之为魔力？"许晨曦隔着门问，"除了知道她叫什么以外，你知道她是一个什么样的人吗？她有怎样的过去，她能给你怎样的未来，你有去思考吗？"

"我们讨论的不是同一个问题。"季海滨说，"我走了，我得回去。"

许晨曦站在洗浴间的镜子前，赤裸着身体，外面传来关门的声音，她在被水汽蒙蔽的镜子上写下"乔麦"两个字，掩面而泣。

向萧晓当面提出分手的诉求后，季海滨搬出了他们的房子，他以为清理物品是件麻烦的事，但没想到两只大号收纳箱就把自己的一切收纳了，这让他想起在许晨曦家看到的情况，把人存在的证据抹除不是特别难。

萧晓自然没有接受季海滨的诉求，甚至不为自己的行为道歉，她宁可相信季海滨是为了其他女人和自己分手，否则太不识好歹了，正因如此，她反而更加坚定自己有义务帮助他走出错误的泥潭——让男人在外独自生活一段时间可以帮助他想清楚。

过完国庆长假，日子就像穿过地球大气的陨石在引力的作用下以更加迅猛的速度砸向地面，几场秋雨后立冬，气温骤降，天气预报提醒市民注意防寒，今年将是百年不遇的寒冬。

每当看到这样的新闻，季海滨都会觉得自己这代人是历史的宠儿，"百年不遇"这个词他已经听了无数遍，百年不遇的洪水，百年不遇的干旱，百年不遇的酷暑，百年不遇的地震，总之，他们把前后几代人的苦痛全都承担了。

"北海道已经开始下雪了。"乔麦在信息里告诉季海滨。

在过去的一个月中，他们平均每天通话三个小时，从乔麦东京时间晚上十一点下班开始，一直聊到深夜两点，有时因畅想未来而开心，有时又因还未摆脱现实而痛苦。季海滨没有如他所说那样第一时间坦白，马费和许晨曦的保守忠告影响着他的决心，这一点，乔麦比任何人都清楚，她不止一次地表达出不自信的态度：一个认识短短两三个月的人如何取代十几年的陪伴呢？

"你说我们这件事的时间、地点和人都对，但在我看来，明明时间就是错误的呀。"乔麦一直待到打工的地方关店，在骑车回家的路上又一次跟季海滨聊起这个话题，"你很爱她只是你不自知，否则你不会犹豫。"

"我没有犹豫，我只是想以稍微温和一点的方式结束过去。"季海滨说，"我给她提供了一份可观的协议，尽管她不知道事情的全部，我明白是我的错，所以我已经尽可能给予弥补了。"

"但是她不接受是吗？"乔麦问。

"再多给她一点时间，她知道这是我能给她的全部了。"

"你没有明白我的意思。"乔麦说，"她不接受不是因为条件不够丰厚，是因为她对你还有感情。"

"她如果对我有感情，会做出这样的事吗？"

"人是一种很复杂的动物，情感也是复杂的。"

"你会对我做这样的事吗？"

乔麦竟然叹了口气："我想做也没这资格吧。"

"要不要换个话题？"只要聊天陷入僵局，季海滨就会做出这样的提议，但话题换来换去，终究还是会回到尴尬的现状上。

乔麦接着聊了聊最近找工作的情况，依旧没什么特别的进展，不过为了丰富求职简历，她开始做义工。

"我最近认识了一个老太太，我觉得她好善良。"

"老太太？"

"嗯，就住在浦安站附近，经营着一个小店铺，我以前都没注意过，但有一次经过的时候，我发现她在给一些青少年送吃的。"

"送吃的？青少年？"

"嗯，那些青少年看上去都不像是好人。"信号有些波动，乔麦以为季海滨没听见，又重复了一遍，"后来终于有一天我又看到那老太太在给看起来像是不良少年的家伙们发放吃的，就上前去问了，我以为她被勒索了。"

"你是那种敢于路见不平，拔刀相助的人吗？"

"我当然是，我正义感很强的。"乔麦自夸起来，但很快又失去了底气，"但你和我的事让我怀疑自己的正义感了，一个插足者好像没有资格提正义感。"

这就是尴尬的现状，季海滨不敢表态，他知道等一会儿乔麦就会继续先前的话题。

"我去问了之后才知道，老太太没有被勒索，都是她自愿的，但那帮青少年确实是不良少年，甚至比不良少年还要危险，他们都是被释放出来的少年犯。"

"少年犯？"

"对，我知道你的困惑，我听到这话的时候比你还惊讶，因为是那帮青少年告诉我的，说他们都是被释放的犯人。我等那帮家伙离开后才问那老太太，老太太告诉我，她这么做是为了防止这些曾经犯了错的孩子再次深陷囹圄，在人生的道路上越走越偏。因为这些孩子大多家境窘迫，几乎到了没饭吃的地步，导致误入歧途，所以她觉得，一个人但凡能吃到热乎乎的食物，就不会铤而走险去做违法的事，她能力有限，无法给那些孩子大鱼大肉，但一口热粥或一碗米饭还是可以的。"

季海滨久久没有应答，乔麦问他是不是又想到了什么，他说想到了是枝裕和，想到了《小偷家族》。

"我可以去见你吗？"季海滨问。

"但你还没有结束你现在的关系。"乔麦说，"你觉得我不在你身边就仿佛置身事外是吗？"

"我只是想见到你。"季海滨说，"我们一去札幌吧！"

"不，这是我的底线。"

走出新千岁机场的那一刻，季海滨和乔麦都不自觉地收紧了外套，下飞机前空姐就提醒乘客注意保暖，但他们觉得很快就会上电车，全程在室内行走应该不会冷到哪儿去。事实上，北海道的冷确实有别于中国南方的湿寒，只不过皮肤表面觉得凉，风并不刺骨，因此纯属物理攻击，不像上海那种魔法攻击。

这是乔麦第一次来北海道，她在站台上大口呼吸通透的空气，踩着积雪和薄冰拍了上百张照片；季海滨牵着她全程护驾，若不是怕错过末班车，乔麦能一直拍到手机断电。

此时已经晚上十一点，季海滨把民宿订在了和札幌一站之隔的苗穗，民宿的经营者以为季海滨和乔麦是第一次来日本旅游的观光客，不仅发来了从苗穗站前往入住地的详细指示，还一遍遍地关心他们到了哪里，告诉他们不论多晚都会等候，而且这里治安良好，不用害怕。

苗穗站外积雪足有半米高，已经看不见路，只有一辆出租车停着，司机很精神地看着报纸，似乎也不指望能有生意可做。

季海滨拿出手机导航，发现电量骤降，想必是温度低的缘故。好在不过慢步五分钟就来到公寓楼下，打了电话给主人，对方很快出现，帮忙提着行李上二楼。

房间里已经开好了暖气，头上的霜冻立即融化，发现乔麦能说日文，主人又把家里的所有设备全都仔细介绍了一番。

"他以为我是日本人。"送走民宿的主人后乔麦对季海滨说，"知道你不会讲日文，还好奇我们是怎么恋爱的，我告诉他我也是中国人，在这儿留学罢了。"

在零下十度的北国之冬，屋外寒风呼啸，屋内暖气满满，洗完热水澡，喝罐冰镇啤酒，打出舟车劳顿一天的嗝儿，这种感觉充盈着幸福感和安全感，只是客厅的沙发又窄又短，显然不是为了睡觉用的。

"看来你今天打不了地铺了。"乔麦敷着面膜说。

季海滨在自己正站着的空间里比画："这里可以啊，反正有暖气，不会觉得冷。"

乔麦走进卧室，倒在柔软的大床上，无比享受地说："哇——这里比我家的二楼舒服多了。"

季海滨从橱柜里拿出被褥摊在地板上："那我来感受一下这里的地铺跟你家的有没有区别。"

乔麦坐起来，看着季海滨把床褥铺好，丢了只枕头给他。

"早点睡吧！"季海滨用遥控器关了灯。

"等一下。"

季海滨又打开灯，乔麦走出卧室，把面膜撕下丢进垃圾篓，回到季海滨的地铺旁，居高临下地看着季海滨。

季海滨顿觉这对峙有些诡异，乔麦突然蹲下身，季海滨条件反射似的往旁边挪了几厘米，乔麦就在空出的地方躺下了，侧身抱住季海滨。

"我跟你一起睡地铺吧！"乔麦闭上眼睛，把头埋在身边男人的胳膊里。

仰面朝天的季海滨也侧过身面朝乔麦，握住她的一只手，为了能更清楚地看见她，另一只手触碰到她的面颊，梳理着她耳边的头发；乔麦的脸上还残留着面膜的乳液，她有些不好意思，抽手擦了擦，之后调皮地将乳液点在季海滨的额头上，更用力地挽住他的脖子。

两人的鼻尖相互抵着，季海滨感觉到乔麦呼吸的局促和胸部紧张的起伏，他的手落到乔麦的腰间，乔麦轻轻推了他一下；季海滨为自己的冒失懊恼，将手收回，但乔麦并未继续闪躲，睁开眼看到季海滨不知该把手放哪儿的慌张样，一下子笑个不停。

一条垂在屋檐下的冰柱掉落，电暖器因为室内温度到达设定暂停了工作，屋子里瞬间进入无声世界。季海滨看着乔麦咯咯地笑，情感和理智发送给了他同样的指令，他一定要在这个时间、这个地点去亲吻乔麦，尽管心里也担心回馈自己的可能是一个耳光。

乔麦也察觉到周围的静谧，刚刚收敛起一点笑容，季海滨就以一种几乎没有任何技巧的咬的方式将嘴唇贴了上去，乔麦把头往下埋得更深，躲开季海滨，手指却依然按住他的手腕。

"我喜欢你。"

"我也……"

季海滨没有给乔麦把情话说完的机会，趁她抬头的间隙又吻了上去，咬着她的下唇，步步为营地问："可以吗？"

乔麦注视着季海滨："你不记得我们达成的协议了吗？"

"你要在这个时候提醒我吗？"

"我是在提醒自己。"乔麦带着颤抖说，"你不怕失去和她交涉的底气吗？"

季海滨托着乔麦的下巴："你就是我的底气。"

"确定吗？"

"我有表现出任何迟疑吗？"

乔麦点点头，不配合地回答："我有感觉到你的迟疑。"

季海滨微微松开对乔麦的束缚："对不起，我不该让你有这种感觉的。"

"但你就是让我有了这种感觉。"

两人在黑夜中看着彼此，温度又降了下来，电暖器重新工作，发出嗡嗡的噪声。

"客厅好像有点吵。"乔麦说，"我们去卧室吧！"

季海滨在乔麦起身的那一刻拽住她，将她拉回怀中，他感受到了乔麦身体对自己的接纳，于是变本加厉地回应。

窗外降起鹅毛大雪，路灯照在白花花的地面和屋顶上，强烈的反光把没有拉上窗帘的客厅映得透亮，两个人的身体一览无余地暴露在彼此面前。

季海滨从未想过两个人的亲密接触能有如此大的包裹力，他看着身下的乔麦，悸动且憧憬，知道接下来的举动将把他们俩永远捆绑在一起。

"可以继续吗？"他像是在征求恩准。

乔麦搂住季海滨的脖子："笨蛋。"

季海滨掌握着微妙的分寸前进，直至完全占有乔麦。

鞋子上的积雪和泥水化开，玄关湿了一片；秒针规律而讨喜的嘀嗒声迎合着喘息与撞击；持续加热的电暖器让季海滨和乔麦可以肆无忌惮地离开地铺和羽绒被，挪到了一张不适合睡觉的沙发上翻云覆雨，仿佛新的白昼不会到来，仿佛这个无人知晓的黑夜能够永存，仿佛这是他们唯一能给对方的。

空姐在开启舱门前提醒过乘客注意北海道的降温，却忘记叮嘱大家戴副墨镜了。加之日本建筑本就素雅，一夜大雪后，苗穗白得一尘不染，让趴在窗边看景的乔麦流了泪，她想如果自己和季海滨的感情也能这般干净多好。

身旁的男人渐渐苏醒，看见乔麦穿着自己宽松的睡衣，冷不丁将头塞进衣服的下沿，顺着乔麦的小腹和胸部，一路钻出领口。

面对女人的躲闪，季海滨像是动了怒，一边揉动乔麦的腿部，一边惩罚式地要她归还身上的 T 恤。

整整一天他们都在公寓里腻着，期间季海滨去便利店买回了速冻的酱汁肥牛和炸鸡块，以及一小袋米。乔麦煮好米后，做了几枚三角饭团，里面夹着炸鸡块，叫季海滨配着那牛肉吃，只需一口，就让他交口称赞。

　　"一会儿我们去札幌吧！"季海滨说，"去找田中的拉面馆。"

　　"你有想到什么好方法吗？"乔麦问，"老社长都没能找到。"

　　季海滨在当地的吃喝玩乐 App 中搜了下附近的"拉面馆"，没想到跳出五百多个，除去连锁，也还有四百二十多家。他让乔麦和自己一起根据照片判断，挑几家看上去像的去拜访。

　　乔麦看哪个都觉得像，结果发现连个零头都没能排除："其实找到了又能怎么样呢？别人肯定不会教我，我也不可能立刻开一家拉面馆，如果人家想招加盟，根本轮不到我好吗？"

　　"不要这么功利嘛！"季海滨说，"我去找那家拉面店，纯粹出于对美食和匠人的尊重，你说你们店里的拉面就已经很好吃了，那么创始人的手艺肯定更棒吧！"

　　"所以，打个飞的过来就只是为了吃一碗面？"乔麦问。

　　季海滨竖起食指："对，一碗面。"

　　虽然说把生活过得简单会轻松很多，但轻松不意味着目标达成，季海滨和乔麦从札幌站出来，沿着中央通南下，沿途只要看到拉面店就进去探寻，一路经过计时台和大通公园，前后串了四十多家店面，可惜无功。

　　后来乔麦灵机一动，觉得根本不用这么折腾，完全可以在街上漫无目的地逛，如果连拉面的香气都闻不到，这样的店就算遇到了也用不着进去。在这极简主义思想的引导下，两人一直逛到夜里十一点，在狸小路的一家居酒屋里坐了个把小时后昏昏然地回到住处。

　　一连在札幌待了三天，这座小城的设计极其简约，刻板到不可能迷路。季海滨和乔麦集体行动了一天，又分头行动了一天，没有找到任何值得去拜访的拉面店，他们怀疑是不是因为此时是冬季，拉面汤的香味不容易散发。

第三天的时候他们不打算继续寻找了，同时为前一天分头行动的做法感到懊恼——居然浪费了一天的时间没有腻在一起，所以接下来他们决定缝合这个错误，以"纵欲"的方式度过 24 小时。

用一切能想到的方式占有对方，直到精疲力竭。在这个过程中，他们无数次地停下，困扰着这对男女的问题会在快感中短暂隐身，但只要松懈一刹那，就会更清晰地投射出来，那种对未来不确定的恐惧、徘徊随血液流经全身，再多安抚的语句都微不足道，只能努力继续融入对方。

他们决定离开札幌，但又不想回东京，往北，近一点，可以去小樽；往南，远很多，可以去函馆。所以，出于杀时间的目的，他们登上了函馆本线，前往起点站，也可以说是终点站。

越过苫小牧后，列车开始沿海行驶，因为阴天的缘故，整片海、车厢和海浪在寒风中相互对抗，海边的渔民小屋全都门窗紧闭，积雪挡住半个门，漆黑的窗户里没有丁点儿烟火气。

"对了，上次我们分开前你想到的那个'假结婚'的故事，怎么样了？"乔麦喝着上车前买的大麦茶问。

"我想到了一个并不太满意也不太完整的版本。"季海滨说，"这是一个为了守护心爱之人不得不跟别人结婚的女生。女主角一直喜欢一个比自己大两岁的男生，追随这男生从小学到初中，又从初中到高中，高中毕业后男生来日本读大学，女生也跟着过来，女生当然没有表露过自己的爱慕，男生也不知道。在日本，女生通过老乡会之类的团体慢慢接近男生，但就在她鼓起勇气买了两张电影票打算去约男生的时候，男生在工作面试的归途遭遇了重创，昏迷不醒。院方想联系男生的家人，但男生的父母已经离婚并且有了新的家庭，所以只坚持了半年不到的时间就打算放弃。这个时候只有女主角愿意承担起这份看不到尽头的责任，于是她开始照顾这个男生，一照顾就照顾到大学毕业，因为要照顾这个男生，女主角也没能找到工作，她打算把男生接回国，但得知只要断开生命维持器男生就会丧命，根本没办法支撑到回国。所以，为了延续男生的生命，女主角只能在日本坚持下去，但一直拿不到工作签证，不得已，只好跟一个日本大叔'假结婚'，借机拖延签证，终于找到工作，继续照顾男生。"

乔麦听得还算入神，这给了季海滨继续讲下去的动力："以上是一个背景的交代，故事从女主角和大叔的婚姻谈判开始，把背景留到后面揭示，让读者或观众知道女主角之所以这么做不是为自己而是为别人。"

"那中间部分呢？"乔麦问。

"中间部分就是这个故事'假戏真做'的主体。"季海滨说，"刚刚只讲了女主角，接下来还有男主角，虽然我没想好具体的设定，但男主角肯定得是一个与女主角完全相反的家伙，简单讲，得是个人渣，至少表面上是。虽然是'假结婚'，正如你说，不会发生关系也不会住一起，但还是要通过各种麻烦事把男女主角捆绑在一起，比如移民署定期的检查，比如男主角在婚前惹下的麻烦给女主角带来负面影响，等等。在这个过程中，让男女主角相爱，让女主角看到这个男人人渣表面下的美好品德，同时，也要让男主角因这个女人的出现而做出自我改变，纠正曾经的错误，走出过去的阴影，燃起新的追求，都可以。但横隔在他们中间的，是那个躺在床上的男生，是女主角的'一生挚爱'，她需要走出这种源自青春时代的羁绊。所以，我想象中的结尾，是当女主角告诉男生自己有了新的爱人后，男生就离开了人世，这个男生能够感受到一切，只是无法表达，之前他不知道有这样一个女生爱着自己，他不希望女主角被爱所拖累，当女主角真的能走出这段单方面付出的感情时，他也终于能安心离开了。"

乔麦把大麦茶递给季海滨："你不满意的点在哪儿？"

"没想到男主角的前因后果，如何让一个女人爱上人渣，这是一个问题，所以我说不完整，只有一个轮廓。"季海滨说，"另外，我觉得这种纯爱故事已经不符合当下观众的口味和审美了。"

"没事，慢慢来吧！"乔麦宽慰道，"说不定到了函馆你会有新的灵感。"

抵达室兰时又大雪漫天，并且一直持续到了函馆，但好在列车没有因此停摆，让季海滨和乔麦顺利住进了酒店。

两人没有做任何功课，放置好行李后就立刻冒着风雪出来觅食。函馆比札幌更"世外桃源"，所有店铺不到八点就都歇业了，只有一家做章鱼小丸子的亮灯，门外还有一只凶神恶煞的猫。

他们实在不想用小丸子和便利店里的泡面果腹，结果越走越远，眼看就要到函馆山脚下，仍旧一无所获，就在他们准备打道回府时，路对面一家小铺子的门被拉开，走出两三个满脸通红的男人，像刚出笼的包子，更意外的是，随着热气腾腾的雾气飘到季海滨和乔麦鼻子前的是鲜浓的面汤味。

"六……根……"乔麦站在门口看着店铺的招牌说，"从来没听说过。"

季海滨不等乔麦，直接进店。

店内和悟空拉面差不多大小，围着作业台大约十个座位，目前满员，收银台上贴着"禁烟"和"只收现金"的告示，穿着红色短袖T恤的煮面店长和女接待极具夫妻相。

刚腾出的那三个空位还没来得及收拾，老板娘见到季海滨和乔麦，赶紧加快了速度。

"一定特别好吃。"乔麦说。

"那当然，我都闻到味了。"

"不仅是闻起来香，你看那三只空碗，汤被喝得干干净净。"

"也有可能是饿了呢！"季海滨笑着说。

质朴的白色菜单上丝毫没有花里胡哨的点缀，一共三种拉面，味噌、酱油和盐味，下面是某天的限定，有辣味噌之类的，小食部分就是煮菠菜和米饭。

三选二，酱油拉面被抛弃，一刻钟后，两碗面呈上，两人呼啦啦地开吃，全程无交谈，喝完最后一口汤底后才发现居然没有给对方留点换着尝尝。

"我没吃过这么好吃的拉面。"季海滨说。

"我都没吃过,别说你了。"

"跟你们店里的比如何?"

"完全不是一个档次。"乔麦说,"我说我们店的不如这个。"

"这还用说,我当然知道这里的更好啦!"

吃完后乔麦和季海滨又干坐了半个小时,她想等顾客离开后和店长攀谈一会儿,但老板娘在招呼完最后一位客人后告诉他们要打烊了。乔麦不好意思再提更多要求,只想明天再来不迟。

暖烘烘的身体让两人打消了赶回酒店的念头,他们相互搀扶着朝函馆山方向走去,爬了一段很长的上坡后才来到山脚下的观光接待中心。

附近的停车场和路边停满了旅游大巴,来自中国和韩国的游客们在接待中心里密切关注着天气变化和电视机里函馆山山顶的即时画面,都想等雪停了再坐缆车登顶。

两位员工在敬职地向不耐烦的游客们解释,好不容易脱身后,躲进洗手间私语两句,正好被乔麦听见,她出来后告诉季海滨不用等了,据在这里工作了十几年的员工判断,今晚这雪是不会停了。

酒店发的早餐券被乔麦丢在桌上,她不想把食欲投资在那些半生不熟的培根和煎蛋上,于是忍饿等到十一点便直奔"六根"。悲剧的是,在"11:00AM—8:00PM"的营业时间表下挂着"今日休业"

的木牌，这让拉门上那句"一生悬命营业中"的誓言不攻自破。

乔麦饥肠辘辘地看向季海滨："这是为什么啊？"

季海滨看着乔麦万劫不复的样子，忍不住要笑，乔麦气得打了他一拳。

"你不觉得这样更好吗？"季海滨说，"这才是生活呀，当你努力寻找一个成果的时候，你找不到，但却在途中另有所获，于是你就想守住这份意外收获，恨不得每天都能相伴左右，但是，只过了一夜，你就发现收获没了，就像这家店今天停业，而我们明天一早就要离开这里，不知道下次什么时候再来，也许一生中就只吃了这一次，但却是最铭记在心的，就像……"

乔麦看着季海滨，听出弦外之音："你是说，就像我们，哪怕铭记在心，但过了今夜终究会各自一边，只能拥有这一次，对吗？"

"我只是就事论事，没有任何影射。"

"喊！"乔麦对季海滨的解释嗤之以鼻，走回便利店，买了份泡面，"那一会儿去哪儿？"

季海滨见乌云散去、阳光袭来，提议登函馆山，乔麦赞同，三两口吃完泡面，将手抄进季海滨的大衣口袋。

当他们兴致勃勃地来到山脚下准备买索道票时，突然又下起了雪，售票窗前的游客瞬间散去，电视机里的山顶风光一片灰蒙、雪花乱飘，完全看不到函馆港和津轻海峡。

"登函馆山一般都是为了看夜景，我听说'世界三大夜景'其中之一就是这里。"乔麦说。

"什么'世界三大夜景'，那是香港人为了鼓吹维多利亚港硬生生发明出来的，说他们那是世界第一，函馆和意大利的那不勒斯排第二、第三。"

"既然这样，那我们走吧，拉面没吃到，山也不用登了。"

"不。"季海滨看着消失在大雪中的山顶说，"我们就乘下一班索道上去。"

"为什么？"

"因为没有吃到拉面呀！"

看到季海滨和乔麦在那儿买票，其他游客觉得这两个人是傻子，在二楼等候室转了一圈后进入缆车，不出意料，整节车厢里除了驾驶员就他们俩。

"不会有危险吧？"乔麦问驾驶员。

"完全不用担心呢！"驾驶员请乔麦和季海滨坐下。

缆车缓缓开动，驾驶员介绍说整个登山过程不过五分钟。当缆车行驶到三分之一时，一缕金色的阳光从两片黑色云层中间的缝隙穿出，仿佛加载了神力，令那道缝隙越来越大，像推开通往光明之路的大门一般释放出整个天空，并照亮万物。

"你怎么知道的？"乔麦欣喜地问。

"我不知道。"季海滨说，"我只是想试试，我以为会在山顶等到初光，没想到提前了。"

"你们真是幸运呢，下一班缆车又得等半小时，半小时之后什么样可说不准了。"缆车停稳，驾驶员打开车门，跟这两位真知灼见的幸运儿说再见。

整个山顶成为季海滨和乔麦的私人观景台，山下的游客躁动地等待着，后悔没有跟他们一起。

"好美。"乔麦对着山下的城市伸了个懒腰，"你不觉得这很有寓意吗？"

"我觉得我们这几个月都很有寓意。"

"太刻意反而得不到，平常心却收获满满，所以，我们是不是应该平常心呢？"乔麦说，"明天，我回东京，你回家吧！"

"我知道，我这次回去会跟她交底的。"

"不，我是说，你别结束和她的关系了。"乔麦转身背对栏杆，"我觉得你没有想清楚后果。"

"需要想什么后果？"

"和我在一起，你会失去很多。"

"我现在有什么吗？"

"有事业，有成就，还有十几年的感情。"

"这是事业和感情该有的样子吗？"

"我们讨论过这个问题，或许不完美就是该有的样子。"乔麦摸了摸季海滨的脸，"难道我们俩是完美的吗？"

"你觉得我们不完美？"乔麦的话有些伤季海滨。

"从你最初没有对我坦诚的那一刻起，我们就已经不完美了。"

"那你为什么……"

"因为我已经不像你那样追求完美的东西了，我懂得适可而止，哪怕是……爱情。"

"你是在故意……为了刺激我离开才这么说的吗？"季海滨问。

"你觉得呢？"乔麦笑了笑，"刺激你离开，对我有什么好处？"

"分开不是我们的计划。"

"我们的计划是什么？"

寒风刮得季海滨脑门儿疼，他所有的计划终止于马费的死，终止于萧晓冒名顶替签下十年的合同并让枪手代劳，终止于乔麦的出现。

"没有计划对吧？"乔麦并不意外，"我也不在你的计划之内。"

"但我喜欢你。"

"我也喜欢你呀，又怎样呢？"

一辆空载的下山缆车出发，季海滨想起许晨曦的话：除了知道她叫什么以外，你知道她是一个什么样的人吗？她有怎样的过去，她能给你怎样的未来，你有去思考吗？

"你是有什么我不知道的事吗？"季海滨问，"所以你才选择在这个时候跟我讲这样的话，你觉得这里是一个特别适合分别的地方对吗？"

"你想知道我的什么事？"

"我……不想知道你的什么事，我只想……"

陆续有其他游客上来，周围快门声此起彼伏。

"要下去吗？"乔麦问，"去港口那儿走走？"

积雪逐渐融化，顺着窗户流下。下山的车厢里依旧只有他们俩，季海滨站在窗边等待。

"你又在想什么？"乔麦问。

"爱情，究竟该是一段充分准备、精心计算的细水长流，还是一场毫无预兆、颠覆自我的奋不顾身呢？"

"你在问我？"

"我在问自己。"季海滨说，"我找到弥补那个'假结婚'故事不足的方法了，当你表示要离开我的时候。"

"我没有说要离开你。"

"你要我离开你，这跟你离开我有区别吗？"

只有一节车厢的有轨电车在路口停下，让行之后依然停着，司机走到前轮处查看，发现结冰冻住了轨道，便用自备的铁铲凿冰，忙活了好一阵才回到驾驶位，重新发动。

北海道的港口看起来要比横滨、神户这样的大海港亲民许多，通往码头的路上有一排翻新的仓库，被改造成了创意市集，卖手工艺品和零食小吃，托室外寒冷的福，市集里行人如织，人们逛着逛着终究能发现心仪之物。

乔麦买了一只木手镯，在桥上对着阳光欣赏："别人都喜欢去小樽，但我觉得函馆真美呢！"

"小樽受欢迎，是因为那里有寄托。"季海滨说，"《情书》，尽管那是一个虚构的故事，但却给了人们一个憧憬，这很珍贵。"

"所以，你也该给函馆一个故事，才不枉此行。"

"我觉得那个'假结婚'的故事应该发生在这里。刚刚我说找到了方法，也和这座小城有关。"季海滨说，"应该让两个在常理下完全不可能在一起的人走到一起。"

"我需要在这个故事里代入自己吗？"

"你觉得我们在常理下完全不可能在一起？"

停在码头的渔船随着海面的流动摇晃，桅杆上站满乌鸦，在踱步中俯视着比画"V"形手的众生。

"之前那个版本太一本正经了，从头到尾都很苦情、做作，我想应该用一种更欢快的方式表达，充满喜剧感才对。"季海滨说，"我们的女主角，35岁左右，有点大龄，出生在中国的北方，大约在中学时代随父母迁至南方沿海城市，之后来日本留学，直到念完研究生后才获得留在东京某大学数学系当助教的工作机会。她为人师表，性格和专业一样，对人对事都讲究严丝合缝、按部就班，如果无法证明有十足的把握不会去接受或追求什么，因此，她有一个相处了十年的男友，是母亲介绍的一个知根知底的老乡，和她一起在日本打拼多年，每年都向她求婚，终于，在第十次时，她答应了。而故事，就从这儿开始，当她开始准备婚礼时，收到闺密的提醒，她在十年前就已经结过婚了。"

"她都不知道自己结过婚吗？"

"女主角也很不解，闺密讲出实情，十年前，女主角刚大学毕业，没能在规定期限内找到工作，为了帮她获得长期签证，闺密瞒着她采用了'假结婚'这一'不违法'的方式。"季海滨说，"这在现实中可行吗？闺密拿着女主角的个人资料完成'假结婚'这件事，总归有在灰色地带中做事的组织和团体吧，女方需要签证，男方需要钱，这就有了操作的可能。当然，这不是重点，重点是女主角如何应对，如果这件事曝光，不仅影响婚约，还会影响自己的事业，多年的拼搏都会付之东流。于是，女主角迅速做出反应，一方面要对未婚夫隐瞒自己'已婚'的事实；另一方面得找到当年的结婚对象把婚给离了，这样才行。"

"那她当年结婚的男人是谁？"

"这就轮到男主角出场了。他四十岁左右，出生在函馆，曾是个天赋极高的花滑选手，但一直没能在大赛中斩获好成绩，随着年龄的增长，只剩下最后一次参赛机会了，但却很不幸地在训练中受伤，而筹集到的钱远不够他去德国接受治疗。正在苦恼时，听一个经常跑马的朋友说知道内部情报，于是他铤而走险，将这笔钱当作赌资去跑马，结果输得精光，不仅没能治好腿伤失去了事业，也失去了爱情，从此沉沦下去。在受伤前，他和女友申请领养了一个男婴，当领养手续批准下来时，他已经受伤并输光了医疗费，面对女友的离弃，他依然决定将孩子领养下来，抚养至今。退役后，他成了一名缆车驾驶员，就是我们刚刚乘坐的函馆山的缆车驾驶员，生活得很拮据，所以当他听说有人可以支付一笔钱时，就一口答应了，至于是真结婚还是假结婚，根本不在意。十年过去，他的生活一成不变，钱都花在了赌博和喝酒上。"

"然后女主角就来找男主角离婚了？"

"对，这是女主角必须要做的事。"季海滨继续讲下去，"女主角从东京来到大雪纷飞的函馆，费了一番工夫终于在一间小破公寓里找到了男主角，没想到自己的'丈夫'居然这副德行，鄙视之余立刻要求离婚；但男主角没想到自己居然有个这么光鲜亮丽的妻子，果断拒绝了离婚要求，尤其当他得知当年的原委后，更觉得自己有恩于女主角，除非帮他还清债务，否则决不离婚。高昂的债务和流氓般的架势令女主角无法接受，谈判崩裂，碍于家里还有孩子，她没有发飙，警告男主角如果不乖乖配合离婚那么下次出现在这里的就是她的律师了。"

桥上拍照的人越来越多，季海滨和乔麦走向一家美式汉堡店："女主角没能成功离婚，可不能回去，她愤怒地去找酒店，结果发现因为是旅游旺季所以整个函馆的客房都被订满了，就连民宿都只剩下一家，就是男主角的家。她恶狠狠地发誓就算自己冻死了也不会去，然而画风一转，她哆嗦着站在了男主角家门外。又收了一笔住宿费后，男主角把屋子让给了她，告诉女主角不用担心，今晚自己去便利店打夜工，只有她跟孩子在家。男主角出门后，她把门反锁起来，面对孩子的好奇，她只想如何才能把这事搞定。"

店里充斥着油耗味，每桌都有大份薯条和起司汉堡，人们汲取着高热量食物抵抗寒冷，季海滨和乔麦要了热果珍和洋葱圈，坐在一堆老外中间。

"从此时起，女主角开始了和男主角的'同居'生活，女主角心急如焚，因为未婚夫开始找她，她撒谎说自己在北海道的白色恋人巧克力工厂里挑选结婚用的糖果；男主角则一点都不慌张，因为他知道女主角不可能去报警，还嘲笑对方跟男友恋爱十年都不结婚，爱情这种事，看对眼了就应该立刻下手，十年求婚十次，好像在玩游戏为了通关投十个币。但女主角不这么认为，她告诉男主角，自己和未婚夫经受住了十年的考验，而且每年超过 73% 的异地时间也没能产生信任危机，收入是各自行业内的前 16%，所有兴趣爱好和生活习惯的吻合度也超过 50%，唯一的'0'是争吵次数，所以，没有人比对方更适合自己，他们一定会打赢婚姻这场准备多年的战役。男主角听得一愣一愣的，女主角还做出反击，说男主角之所以婚姻失败就是因为太草率。"

"这是他们对于感情最大的分歧。"乔麦说，"原来梗在这里，所以你刚才问爱情究竟该是一段充分准备、精心计算的细水长流，还是一场毫无预兆、颠覆自我的奋不顾身。"

"整个故事的难点在于，如何让女神喜欢上集赌徒和酒鬼于一身的男人？那个被男主角收养的孩子必须成为两个成年人之间的纽带。"季海滨蘸了点蛋黄酱，吃了一片洋葱圈，"还记得我说女主角出生在中国北方吗？她小时候也很喜欢滑冰，一度想成为职业运动员，却因为随父母去了南方而放弃，但她心中一直对滑冰有着难以割舍的情结，所以当婚庆公司给出冰上婚礼的策划方案时，她眼前一亮，只是还没来得及商量就被未婚夫否决了。在未婚夫看来，这个方案简直就是搞笑，特别是考虑到他们俩律师和教师的职业属性，举办冰上婚礼的确有些冒失了。女主角落空的心愿在函馆被点亮，她闲逛到学校的体育馆，看见是一片冰场，便从管理员那租了花样冰刀和运动服，沉浸在一个人的表演中，当她换完衣服准备离开时，却在冰场里看到了熟悉的身影——那个被男主角收养的孩子。孩子在高速运动中看到女主角，吓了一跳，摔倒受伤了，女主角把孩子送到了学校的医务室，当老师问起女主角的身份时，孩子说这是她妈妈，因为孩子听到了父亲和她的对话，知道他们结了婚，还很自豪地跟老师说妈妈是来自东京的大学教授，吧啦吧啦，从医务室出来后，孩子请求女主角不要把自己滑冰受伤的事告诉父亲，因为男主角十分反对他滑冰。"

"因为他觉得滑冰葬送了他的一生，是吗？"乔麦问。

"是，不过现在的女主角和孩子都不知道这个隐情，更不知道孩子是男主角领养的。"

"所以，最终是男主角对这个没有血缘关系的孩子的爱打动了女主角？"

"不不不，这样是不够的，当然，尽管是带着离婚的目的而来，但在一天天的相处中，男主角和孩子无疑给女主角带来了前所未有的快乐和……一种类似家庭的安全感，比如老师得知孩子的母亲回来肯定会安排一次家访，女主角最初只是为了孩子做做样子，把这个又小又破的公寓打理得清清爽爽，不过这会儿让男主角察觉到异样的情愫，但他明白自己和女主角不是一路人。"季海滨说完去吧台借来笔和纸，写下大致的故事线跟随时想到的情节点，"女主角在函馆待了那么久，却没有去过山顶，她跟那些游客一样，都在等最好的天气，但从来都是好天气来了没到缆车的发车时间，等缆车能发车了又下起了雪，反正就是不停地错过，但身为驾驶员的男主角在大雪中将她带上缆车，就像我们经历的那样，在登顶的过程中见到了雪后的太阳。这挑战了女主角的认知与习惯，爱情就和登山一样，不可能等到万无一失的机会，比起等到阳光灿烂时再去接受，为什么不共同度过风雪呢？"

"你是在暗示我什么吗？"乔麦问。

季海滨涂涂画画了一阵后说："没有，我只是在讲一个假想的故事。当女主角也产生出难以言明的感觉时，麻烦出现了，孩子在女主角的帮助下，瞒着父亲参加了少年花滑的选拔赛，时任裁判的就是男主角当年的女友，男主角得知后，鼻青脸肿地冲到比赛场地把儿子揪了回去。女主角不认可男主角的行为，觉得他没有给孩子自由的选择机会，但男主角想起自己的经历，认定这是对孩子的保护，况且，他认为女主角没有资格管这件事，但又无法当着孩子面说她不是妈妈。比起参赛，更严峻的是，因为欠债，男主角的房子将被没收，就在全家一筹莫展时，孩子发现了一个赚大钱的机会，他看到一个家庭竞赛节目，类似你比画我猜那种，只不过参赛者必须是父母和孩子一起，他们完全符合条件，只要获得冠军，奖金足够偿还债务。虽然是个不错的捷径，但女主角告诉他们别抱太大希望，别说他们认识不久没有默契，就连她和男友这种相识十年的人，在聚会时玩类似的游戏一个都没能猜对。"

"哈——"乔麦笑起来，"我知道接下来的情节了，一定是他们获胜了，这给了女主角反思的动力，和男友相识十年，彼此间却没有一丁点的了解，和男主角待了几天，却如此默契。"

"是这个意思……我知道由敌对变默契，这中间的情节处理起来很困难。"季海滨说，"不过，获胜之后奖金还没拿到手，女主角的未婚夫就出现了，他在电视上看到了自己的妻子竟然和别的男人参加家庭游戏，还带着一个孩子，直接飞来北海道对峙。大人们的对话被孩子听见，孩子觉得自己被欺骗，离家出走，遭遇了意外，头部受损，医生说可能永远无法醒来。失去希望的男主角同意和女主角离婚，觉得她就是一个祸害，不想再见到他们。女主角跟未婚夫回到东京，准备他们的婚礼。未婚夫提出结婚后就让女主角在家安心当主妇的建议，但女主角喜欢在学校教书和学生们待在一起，但未婚夫执意如此，他觉得结婚之后还让妻子出去工作是自己的无能。尽管不认同未婚夫的态度，为了婚姻，女主角答应下来。可就在举办婚礼的当天，女主角在电视上看到了男主角为救孩子在向社会求助，他需要一笔钱带孩子去美国治疗。这让女主角不解，因为那笔奖金她全都留给了男主角，就算还完债也应该有不少结余，她打电话给男主角，得知那笔奖金已经全部被她的未婚夫拿走了，未婚夫要挟他如果不交出全部奖金，就把他们假结婚的事曝光，他们非但拿不到奖金，还会身败名裂。出于对女主角的爱，男主角交出了全部奖金。这时女主角才知道未婚夫背着她的所作所为，觉得这个相识十年的男人陌生得可怕，她毅然放弃婚约，回到了函馆。正如男主角所言，爱情就和登山一样，不可能等到万无一失的机会，比起等到阳光灿烂时再去接受，为什么不共同度过风雪呢？"

乔麦咬着吸管，还在皱眉回味情节。

"这只是一个轮廓，我知道其中有些细节还没想明白，但肯定比上一个版本好，'弄假成真'的同居会存在喜剧点和可看性。"

乔麦点点头："你会把这个故事写完整吗？"

"我会尽力。"季海滨说，"你会等到这个故事结束吗？"

乔麦起身，抖落衣服上的洋葱圈碎屑："那要看你写多久。"

太阳渐渐落山，外面妖风凛冽，虽然听了个原创故事，但一天没吃到心仪食物的乔麦依旧万分不甘，在当地的美食推荐里选中了一家烤肉店。

烤肉店在日本并不稀奇，但这家烤的是羊肉，对一直生活在东京的乔麦来说极具诱惑，如果能有涮羊肉就更棒了。

两人满嘴腥味地回到酒店，季海滨的手机收到明天的出行提醒，早上九点的航班，他们得在七点准时出现在酒店大堂乘坐机场大巴。

"你回去的机票订好了吗？"乔麦问，"我们大概中午十一点就能到东京，所以，你可以订下午回上海的票，这样不浪费时间。"

"你不需要我送你回去吗？"

"这又不是我第一次来日本不认识路，事实上，每次我都是一个人回去。"乔麦边脱衣服边说，"我还记得有一年冬天，我一个人提着两个大箱子，那天还下大雨，正巧又碰上生理期，总之，到家的时候我整个人彻底垮了，在家昏睡了一个礼拜才缓过来。"

季海滨走到乔麦身后，搂住她："你在嫌我出现得太晚了是吗？"

浴室里有水溢出的声响，乔麦摇头："我们……去洗澡吧！"

他们在狭窄的浴缸里泡着，面对面，水没过肩头。乔麦没有避讳地点燃一根烟，但只吸了一口，剩下的不知在什么时候灭了。

毛巾整齐地留在架子上，刚用完的剃须刀和牙刷插在杯子里，排风扇嗡嗡作响，拖鞋散落在淋浴间门外。

"如果我们没有认识就好了……"乔麦躺在床上看着天花板说。

闹铃声惊醒了季海滨，他关掉手机，想再抱一抱乔麦，发现枕边无人。

"乔麦？"没有得到应答的季海滨光着身子下床，这间客房完全藏不了人，他拉开窗帘，发现乔麦的行李箱和鞋都不见了，只有一把透明雨伞挂在衣服架上，伞里别着一封信。

"对不起，原谅我不辞而别，因为我不能也不想骗你……"

他甚至连第一句话都不想看完就飞快地穿上衣服，拨打乔麦的号码，被提醒对方已经是空号，发信息发现对方已经将自己删除。

两个小时的飞行，季海滨满脑子都回响着信里的内容，他将乔麦家的地址出示给的士司机，不到半个钟头，他就站在了公寓门外，可开门的却是一个完全陌生的日本人。

在隔壁一位印度人的帮助下，季海滨得知这个日本人是这屋子的业主，刚搬回来自己住，至于乔麦，他根本没听说过，他把房子交给中介托管过一阵。

在季海滨的恳求下，那印度人又成功劝说日本人一起去找中介，可中介那儿并没有把房子租给中国人的信息，还反问季海滨确定是一个中国人在住吗？

"你那朋友叫什么？"中介问。

"乔麦。"季海滨说。

印度人刚翻译完，屋主和中介就都笑了，怎么不叫"天妇罗"啊！

"她是中国人，叫乔麦，不是你们日本人的荞麦面。"季海滨着急了。

"除了知道她叫什么，你还有她别的信息吗？"印度人问。

"我有她的号码，但是今天突然变空号了。另外，她是……"季海滨想起乔麦所在的大学。

他赶到留学生部，查遍了近几年的入学名单也没找到"乔麦"的名字，在宣传角，季海滨无意看到多年前的一张放大版剧照，尽管不会日文，但猜也猜出剧照上写着什么——这所大学曾是《午夜凶铃》的拍摄地。

"我没有遗憾，只是觉得可惜，那些和你一起经历的事，就只有一次。不要浪费时间寻找我，你已经找到了你想要的未来，现在轮到我了……"

季海滨将信折叠好，握紧手里的伞，订了一张飞回上海的机票。

客车过了长江大桥，驶入广袤的苏北平原，在枯藤老树的运河堤上，季海滨发布了一条微博，向所有读者道歉，最近这两个多月的更新没有一个字是自己写的。

半个小时后，电话和短信纷至沓来，微博里的未读信息飙至

"999+"。季海滨看到萧晓发来的地址定位后关掉了手机。

自从上大学起，季海滨就再没回过高中的校园。说不清是家庭教育的灌输还是自己的领悟，故乡在他看来只是无法选择的出生地，尤其当这个故乡让人看不到任何希望时，他要做的，就是离开。这一点，是他和萧晓的基本共识之一，然而想不到的是，两个人抱着同样的初衷前往一个新的地方，却在往后的日子里背道而驰。

虽然没有大型翻修，但现在的教室和当年有了质变，至少多了台空调，电视也换成液晶的了。

季海滨坐在第二排中间的位置上，面朝国旗和校训，那是他学生时代因特殊照顾才享有的待遇；当然，吃粉笔灰也比其他人多一些，好在那个时候粉笔没有掺入有毒物质。

连续考全班第一的萧晓坐在季海滨后面，近朱者赤，季海滨的成绩居然真的有提高；而许晨曦，在季海滨前面。萧晓一直很烦季海滨和许晨曦的关系，觉得这两个人有事没事就聊天肯定有问题，而且声音过大影响到了她，不止一次跟班主任反映。而班主任是出了名的老好人，本着手心手背都是肉的理念，从来没有教训过季海滨。

尽管发挥失常，萧晓的高考总分还是领先季海滨一大截儿，两人去了不同级别的大学。在那个十九岁的暑假里，季海滨想不到萧晓会问他是否愿意开始一段感情，更想不到这段感情能延续十几年。

"你到了怎么不告诉我？"萧晓推开教室的门。

"我手机关掉了。"季海滨说，"不告诉你，你不是也能找到吗？"

萧晓走到季海滨的后一排座位上坐下，随手翻了翻学生们留下的课本："你这么做是何必呢！"

"我不这么做才是错的。"季海滨说，"你了解我，你应该知道我肯定会这么做。"

萧晓苦笑着摇头："所以可能一切都没有了。"

"错了就该认错受罚。"季海滨说，"但我们现有的一切，我都给你。"

"这件事是我的错，不关你的事，你可以讲清楚，我也可以……"

"我不是单指这件事。"季海滨看着萧晓，"我背叛了你。"

"我也背叛了你呀，是我冒名……"

"我说的是，我爱上了别人。"

萧晓出门冷静了半小时后回到教室："你喜欢她，是一种什么样的感受？"

"喜欢她……"季海滨想起第一次在乔麦家醒来时吃的早餐，想起终于失去乔麦时自己在函馆、机场和浦安街道上的飞奔与徘徊，想起夏天东西线的列车经过葛西站后从地下钻出，想起自己在站台等着公交而乔麦推着车在天桥上不愿离开，两个人就那么相互看着，那一刻，他就知道，自己往后的生命里，一定会有这个女生的存在。"喜欢她，就像吃蘸满黄油的面包……像在冬日里狂热地追赶，再安静地等待冷风吹拂……像前往一座从未去过的小站，好奇、担心、偷笑……喜欢她，就像第一次白雪降临，像彩虹轻轻落在东京湾……喜欢她，就像她喜欢我……"

第八章

函馆的雪比三个月前更加猛烈了，季海滨在"六根"拉面即将打烊时拉开了店门。

"欢迎光临！"正在收拾碗筷的女老板高声喊道，"但不好意思，我们已经打烊了，请明天再来。"

季海滨用结巴的日文回道："请问你们……招人吗？我日文不太好……但我英文还可以。我想，你们是不是也……需要一名英文服务员呢？"

男老板从后厨走出来，打量着季海滨，用地道的英文说："我英文也不错啊！"

季海滨不好意思地致歉："对不起，那打扰了。"

说完正要离开，被男老板叫住："喂！上次跟你来的那个女生呢？怎么没有一起？"

"我先来，我在这儿等她。"季海滨说。

"等多久？"

"等……"季海滨琢磨了一下，"等到她来为止。"

"痴情的男人都一样呢！"女老板笑呵呵地看着丈夫。

"傻瓜！"男老板将抹布丢向季海滨，去帮妻子一起收拾，"还不快把伞放下过来帮忙！"

季海滨伸手接住："谢谢！我叫季海滨。"

"田中和野。"

"凉子。"

"啊！你姓田中？"季海滨一脸惊呆的表情。

十年后。

季海滨盯着后视镜倒运货的小卡车，停稳在"Between"拉面店外，拉起手刹，和出来接应的田中一起把几桶生啤搬进屋里。

"那两个刚招的家伙呢？"季海滨问。

"天太冷，说早点回去。"田中将换下的工装收进洗衣袋里，"不过刚刚小林居酒屋来电，说他们在喝酒。"

"现在的年轻人啊……"季海滨埋怨着，看到田中一脸疲倦，又问，"凉子还好吧？"

田中久久没有转过身："老样子。"

"你早点回去陪陪她吧！"季海滨说，"我再待会儿。"

田中拉开店门："少抽点烟，可别等到了人，自己挂了。"

季海滨笑骂了一句，将田中踢了出去："那个……"

"啊?"

"要是乔麦知道这就是田中先生的店，我跟她估计也不会分开了。"

"别不知足，臭小子！"

"总之，这么多年，谢谢你们。"季海滨鞠了一躬。

田中拥抱了一下季海滨："也谢谢你。"

炉子上烧着水，偶尔有火苗跃出。在这十年里，季海滨跟着凉子学会了泡茶，后来凉子病倒了，在医院住了半年，然后回家。他坐在屋里，门敞着，"Between"的门帘在风中微拂，雪飘进来，一落地就融化。

通信软件里和乔麦的对话停留在一个月前，那天函馆下了今年的初雪，季海滨拍了张照片传过去，又收获一枚红色的感叹号；他早已习惯这种单边的"交谈"方式，有时说一说最近遇到的新鲜事和认识的新朋友，有时喝醉了抱怨两句，有时忍不住说一声想念，反正乔麦都听不见，但不要紧，自己可以。

萧晓和许晨曦来看过他几次，其中一次两人破天荒地一起来，不知是谁主动约了谁，可能是想劝他回去，但住了好几天，话也没说出口。她们看着从来不愿意做重复劳动的季海滨执迷于煮出一碗又一碗让人舍不得浪费的面，仿佛看到了当年那个得意自喜的少年，既然这样，为什么要回去呢？

水壶"呜——呜——"地叫唤，季海滨起身去沏茶，身后传来"叮咚"一声。

"いらっしゃいませ（欢迎光临）！"季海滨放下水壶，转过身，看见乔麦穿着一件黑色的大衣站在门口，大衣和靴子上落满雪花。

"欢迎……光临。"季海滨揉了揉眼睛，又用中文说了一遍。

"都打烊了，还'欢迎光临'？"乔麦问。

季海滨将沏好的茶端给乔麦，不敢认真去看这个女人："你……"

这个场景在过去的三千六百多天里被排练过无数遍，他准备好了上百种开场白，可当正式演出到来，却发现所有虚拟的准备在这张真实的面孔前都不堪一击。

"你……一个人？"乔麦喝完茶后问。

"是。"季海滨接过茶杯，"你……一个人？"

乔麦点点头。

"对了，那个'假结婚'的故事，我写完了，你还要看吗？"季海滨问。

"我们十年没见，一见面你就跟我说'假结婚'？"

"是有点不吉利。"季海滨擦了擦手，见时间不早，"你是不是要回去休息了？我送你吧！"

他拿起墙脚的那把透明伞，走出拉面店，"哗啦"一声撑开，帮乔麦挡着零星的雪，雪花落在伞面上，好看极了，两人都没有迈出一步。

"欢迎光临……"季海滨笔直地看着前方轻声说，"我接下来的人生。"